Louve basse

J'ai commencé d'écrire *Louve basse* fin 72, quelques mois après un premier texte en prose, *Artaud refait, tous refaits !*, en grande partie composé au magnétophone – et le seul à se retrouver ici non retravaillé.

Pendant deux ans, je publiai divers morceaux de *Louve basse*, comptant sur l'événement pour faire « prendre » le discours, mordant sur la tranche d'angoisse qu'on tient généralement à distance, assemblant en moi comme une *figure furieuse de chien* et occupé à déterrer peu à peu l'objet d'un plus fort désir : un os à ronger « toujours », mon os de mort sur quoi je m'excitai à fond. Je lus beaucoup, visitant des cimetières et accumulant *comme un chien* – ce dont la louve n'est que l'avatar déplacé et asymbolique.

J'examinai aussi, *de façon obscène*, la littérature, repensant vaguement au *Cymbalum mundi* qu'on avait brûlé en place publique parce que Bonaventure des Périers y faisait tenir des propos philosophiques par des chiens. En fin de compte, rien ne me parut vraiment irréductible à la vocifération humaine généralisée, par quoi la Mort ne cessait de m'asticoter, et l'écriture de m'envahir.

Au printemps 74, je disposai autour de ma machine à écrire les 4 à 500 feuillets de ce que j'appelais mon « ensemble rongeur » et j'y allai une dernière fois, dans une langue de vent violent où j'eus beaucoup de peine à ne pas être tué, agité d'un vaste désespoir de danse, de musique et de nudité.

D. R.

(Extraits du « prière d'insérer » de l'édition originale)

Denis Roche est écrivain et photographe. Il est membre du comité littéraire des Éditions du Seuil où il dirige, notamment, les collections « Fiction & Cie » et « Les Contemporains ».

Denis Roche

Louve basse

Ce n'est pas le mot
qui fait la guerre
c'est la mort

roman

Éditions du Seuil

TEXTE INTÉGRAL

EN COUVERTURE :
« Hommage à Henry Moore »
Photo Denis Roche, 1987

ISBN 2-02-014388-7
(ISBN 2-02-004331-9, 1re publication)

Personnages

PERSONNAGE PRINCIPAL ERRANT :

Louve basse : nourrice sèche, fait tout « comme un chien » ; figure habituelle de la mort ; généralement « à l'horizon » ou « de l'autre côté du canal ». Dite aussi la *Langue-Mort*. Minable.

PERSONNAGES ASSOCIÉS À LA LOUVE :

Sister Chien : « ma sœur, mon amour... »

Le Nada.

Over-matière : aussi appelée *Materia nulla, Cadavra, Cloison-viscère,* etc.

Grand Chien Mortel.

Déchet-Continent.

PERSONNAGES INQUIÉTANTS :

Uggug : bruit des matières fécales qui tombent.

Relique-au-chaud : peintre qui s'est jeté par la fenêtre du haut du 6e étage.

Histoire-de-l'Art : « reliquaire de la nature et de la matière ».

Maloil'œil : mauvais œil, loi, oie sauvage, quelquefois grosse outarde.

Moi-l'Ecrivain.

OISEAUX, OUTRE L' « OIE À VULVE DÉCHAÎNÉE » :

Couèt-couèt (ou *touèt-touèt*) : ainsi nommé à cause de son cri.

Plongeons.

Téru-téru : échassier d'Argentine.

Canards-Survivants.

PERSONNAGES FÉMININS :

Signé-Huguette.

Rosa Luxemburg.

Poussin l'Ouverture.

et diverses chanteuses.

SALAUDS :

Chaisières : appartiennent toutes au même peuple, celui qui va d'une chaise à l'autre. Variété : « chaisière amélonde et goïque ».

PireTics ou *TicPires :* enfants de chaisières, passent leur temps à monter sur des chaires, à en descendre, à y remonter, à en redescendre. Aussi appelés *Logodédales* du nom de ces mosaïques de lettres mises en carré qu'on trouve çà et là en Europe, sur les murs des églises. Variété amusante du logodédale : démonstrations, phrases qui peuvent se lire indifféremment dans les deux sens, comme le fameux vers latin : *In girum imus nocte et consumimur igni.*

Toutes les variétés de *FliCultus* : *Grands Collecteurs FliCultus, Grands Générateurs FliCultus, FliCultus-Cochonniers, FliCultus-Impénitents, Capitaines-FliCus,* etc., etc. Comme leurs noms l'indiquent, ils sont les flics de la Culture. L'ordre règne, etc., air connu. Les *Orthodoxyures* sont leurs sous-fifres. Tous « flicôts », quoi.

Moraux-Crapauds : donnant-donnant avec les Thésards-Tétards.

Singes-Itératosophes.

Grands Marteaux Maîtres-Fous : miteux mégalomythos.

Etc.

LOUVE BASSE

PERSONNAGES LÉGENDAIRES :

Battle : militaire.

Shane : shérif.

Céline Sainte-Pleine : marshal.

Sun-Tsé : joue son propre rôle.

Papa Canon-Pénis : « dieu primitif des campagnes autour de Parme ».

ECRIVAINS :

Sir Pound et *Juicy Joyce ; Nabokov, Artaud* dit le Râteau, *Blake, Burroughs* dit Bourrique-Rousse ; *L'autre-Emolument ; Rosé-Bulleux ; Sade, Brecht, Roussel, Réchy, Guyotat* dit GaiTuyau, etc. *Et aussi Malévitch, Sollers,* etc. Beaucoup d'écrivains.

PERSONNAGES SACRIFIÉS :

Gosses-Porcs.

Pergolèse.

Les Colères Errantes de l'époque.

Les Gazoline-Boys.

Tiépolo.

Quoi-Qui.

BEAUCOUP DE CHIENS.

NOTE : quant aux nombreux « plaf ! » qui parsèment le texte, il ne s'agit là que du bruit — purement machinique — de la touche du magnétophone ou de la cassette que l'on enfonce du doigt. Rappels *nécessaires,* à l'ordre.

1.

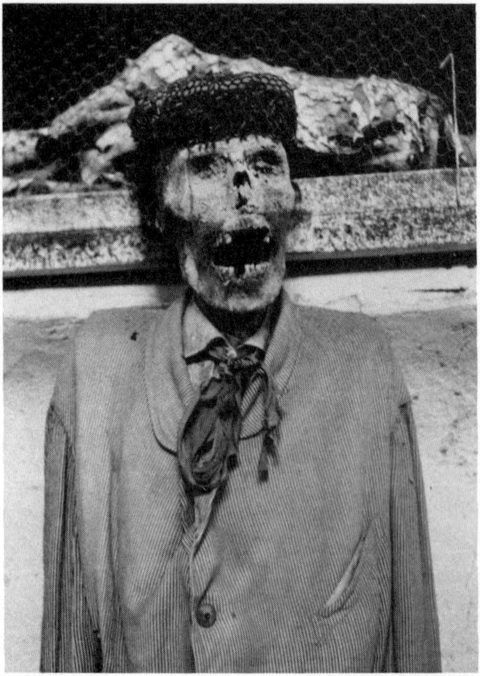

Achtung ! achtung ! es kommt die Welle[1] *!*

Parlant à sa trachée (SA TRACHÉE ! PARLONS-EN ! TRACHÉE-MOI... TRACHÉE-PUS...) : « touches enfoncées simultanément », « trémolos », « ports de voix entre 2 notes », « légères fluctuations de hauteur », « longs mélismes d'alléluias », « compositions baroques », « tours de gosiers », « mordants filés heureux chahut »[2] — comme un chien secoue sur tous sa mouille parfumée — qui portent à la décharge et pour cela font monter, avec, dans l'idée que cela va aider, la vague d'ordures au ras des lèvres. Ensuite *il ne s'agit plus que d'aller.*

Se la tenir bien en main quoi !, et user de la démerde.

(silence)

Et, dans ce mouvement si coloré vers la trachée (à en hurler !), tout en déplaçant moi-même pas mal d'air, d'être porté (cette langue-là il faut se la tenir !) à m'écrier, à en perdre la face, bouleversé à en mourir :

1. « Attention ! Attention ! les vagues arrivent ! » Dans les piscines d'eau de mer de certains instituts thalassothérapiques des îles de la Frise allemande, on prévient toutes les dix minutes environ que l'eau va être brassée violemment. Comme l'eau est très propre, rien ne remonte à la surface. Et tout ça est très sain.

2. Termes appartenant au vocabulaire de la musique vocale.

CIRCULE, HISTOIRE ! CIRCULE !

(silence)

Vieille pratique : avant de faire retomber mes mains sur les touches de la machine à écrire, il m'aura toujours fallu *faire monter* : l'enjeu ou l'érection. Ensuite écrire devient une affaire comme une autre, à mi-chemin du « CIRCULE, HISTOIRE ! » et du « DÉGAGE, PATATE ! », alors qu'on préférerait nous voir dire, comme Sinatra : « It's lovable... It's miracle... »

Jouer sur les mots ne marche pas forcément. Et quand Sade dit : *il ne s'agit plus que d'aller*, c'est tout simplement mon dilemme : personne ne s'adresse à l'Histoire en la traitant d'*emmanchée* ! Et pourtant, camarades !

Passent alors, dans le lointain, les sons pépères du choral de Brecht : « Louée soit la privation, louées soient les avanies, louée soit l'obscurité... »

Pourtant oui !, camarades ! : la voix porte à travers l'Histoire comme dans un corps caverneux gorgé de sang. Maintenue des 2 poings, le trou du souffleur braqué, elle peut elle aussi déclarer froidement (comme l'Aviateur, dans je ne sais plus quelle pièce) :

« En vol, je suis
Effectivement athée. »

Tu parles !

(long silence)

Le problème c'est qu'à force de faire faire ainsi bombance à sa propre langue (cf. *le Mécrit*), avec les mêmes reflux mous de la salive et les chatouillis palatins — mais comme tout a abouti rien ne peut ni m'effrayer ni m'abolir —, à force de faire ainsi construction de soi-même, un défaut multiplié de langage s'affaire sur les bouches fardées des disciples et leur dérange la symétrie du visage (Céline : « Les poètes n'ont pas de vie intérieure ») en effondrant leur tension. C'est la débandade de génération en génération, c'est-à-dire l'escamotage sordide, ni vu ni connu, de tout ce qui cache à la vue l'effort immobilisé, inconsolable de la trachée en train de résister encore à la Mort.

Exactement : tout ce qui ne tire pas son coup à la Mort n'a pas voix au chapitre (et *Louve basse* c'est ça).

Allons-y, camarades !, petits huissiers notoires du Moi-l'Ecrivain que nous sommes, au lieu de vouloir toujours donner des leçons au peuple (Lénine : « Il faut, pour changer de linge, ôter la chemise sale et en mettre une autre [1] ») déployons notre attirail de faiseurs-de-pluie, sortons de la boîte nos préservatifs à belles paroles pour voir s'il en reste suffisamment, débouchons nos pots d'onguents à faire tomber les écailles des yeux, enfourchons nos pétrolettes et, au son gringalet et glapissant des foules d'acariens conseilleurs qui nous courent sur le haricot, pédalons à toute vibure, enchantons-nous du vent de la course, filons droit devant ô anémomètres ! : derrière la frange épaisse de la mer d'ordures, au-delà du petit bitume final, avec un peu de chance, nous aurons peut-être droit au dernier bruit du caverneux, à son dernier écho mouillé, au dernier « oups » de la langue.

Oui, c'est ça : rapports affolés et intelligents à la Langue-Mort, savoir politiquement à quelle simagrée, à quel discours de la Honte on peut encore se fier. Et repousser au fond des os la tentation du champ d'artichauts en fleur.

(Au sortir de 14 mois passés dans les prisons britanniques, Kwame Nkrumah, futur président de la République du Ghana, je pense que c'était vers 1960, se fit apporter un grand baquet au milieu de ses conseillers politiques et de divers personnages étrangers, enleva

1. Page 455 du tome 36 de l'édition russe des *Œuvres complètes* (seule complète à ce jour)...

son pantalon et barbota, par sept fois, dans le sang d'un mouton auquel on venait de trancher solennellement à la fois l'aorte et la trachée. Quand le sang eut séché, il remit son pantalon.)

Il s'agira donc, partout et en toute chose, de lui déraper au cul, et tant que ça peut, dans les flaques verglacées du sang des amis et des parents. Il s'agira, partout et en toute chose, de crier en pleine course : « D'LA MORT, OUI ! D'LA MORT ! » comme on dit : « D'LA MERDE, OUI ! D'LA MERDE ! » ; de lui enfourner dedans, barbe et con englués, à grands coups d'entonnoir, en l'aidant par de larges contractions des flancs..., *etc., etc.*

Tout sexe qui ne fait pas un sort au dernier battement de sa dernière artère ne mérite pas que, de fureur, de surexposition, la bave admirable lui vienne encore aux lèvres. Ou la moutarde au nez :

« Mange l'ananas
Bouffe de l'oie
Ton dernier jour arrive, bourgeois ! »

C'est en tout cas ce que chantaient autrefois, sur un air connu — et sur des paroles de Maïakovski — les matelots qui montaient à l'assaut du palais Smolny, à Petrograd.

Aussi *(crié bien fort)* :

MA LANGUE !, MA LANGUE !, MA MORT !

Et qu'on ne nous fasse plus chier avec le reste, sur quoi, d'ailleurs, je chie.

2.

— Talim tim talam *(silence)*... Talam talim talam *(silence)*... Talilam !
— Elle est tragique, cette musique.

(silence)

— Quoi ?
— Je dis qu'elle est tragique, cette musique.
— Oui.
— ...
— Talim talam, talim, tam talam *(silence)*...

(Ici, abus d'une certaine voix de sinus — qu'on appelle « voix dans le masque » — et qui donne au chanteur ou à la chanteuse l'illusion d'un beau timbre alors que cette sorte de procédé vocal dénature le timbre réel et peut provoquer un abaissement intempestif du voile du palais.)

Les gestes rendaient les images sensibles ;
tout était appelé par son nom, avec le cynisme
des chiens, dans une pompe obscène et impie
de jurements et de blasphèmes[1].

Avec ses muscles, il étrangle la gorge de l'ange, qui ne peut plus respirer et lui renverse le visage, en l'appuyant

1. Chateaubriand, *Mémoires d'outre-tombe,* tome 2.

sur sa poitrine odieuse, et la forme supérieure revêt la forme d'un buste, tandis que le bas se couvre du satin qui entoure l'ombilic, des soies qui mettront le feu à l'entrée du sexe ou qui se croiseront les doigts, en signe de calme, au-dessus du trou de l'anus. Et tout ce qui était derrière, tandis qu'il agonisait ainsi étouffé, que sa salive mouillait les mains de l'étrangleur en lui faisant pousser des cris de dégoût, devient dos et fesse, fossette, rein, creux et raie.

En somme le rêve ! Faire ici concorder 2 projets, dont l'un a été énoncé, quelques années après la 2e Guerre mondiale, comme suit : « Il n'est pas impossible de concevoir une histoire des rêves d'un homme ; une autre des organes de son corps ; une autre, des saloperies qu'il a commises ; une autre, de tous les moments où il s'est représenté les pyramides ; une autre, de son commerce avec la nuit et avec les aurores » ; et dont l'autre, qui fut rédigé au VIe siècle environ en Palestine ou en Syrie, semblait tenir pour certain que, de la création par Dieu d'une *phrase*, découlait toute connaissancee et qu'en chacune des *lettres* qui composaient cette phrase vivaient nos êtres en même temps que l'existence des choses et des actions. Mais l'existence a-t-elle sa propre vie, peut-on dire de la vie qu'elle *est* ? Dans ce traité, le *Sefer Yetsirah*, on parle, par exemple, de la lettre *kaf* « qui a pouvoir sur la vie, qui a servi à former le soleil dans l'univers, le mercredi dans l'année et l'oreille gauche dans le corps ». *Sic*.

— Et alors ?

— Alors quoi ?

— Hé ben ton rêve... et tout le...

— Non !

— ...

— Talim tim talam *(silence)*... Talam talim talam *(silence)*... Talilam.

— ...

— ...

— *(en défroissant sa jupe)* C'est bon le raisin en marchant.
— Qu'est-ce que tu dis ?
— Je dis : « C'est bon le raisin en marchant ! »
— Oui, c'est vrai.
— Tu en veux ?
— ...
— *(plus fort :)* TU EN VEUX ?
— Non merci.

Crucito, l'un des camarades de maquis de Guevara, avait mis toute l'histoire de la Révolution en dizains qu'il composait en fumant la pipe lors des rares haltes de la journée. Comme les combattants étaient très pauvres en papier, il apprenait par cœur ses poèmes au fur et à mesure. Et puis, un jour, pendant le combat de Pino del Agua, il reçut une balle en pleine tête et cette balle, en écrasant ses tempes, réduisit ses poèmes en miettes au milieu des esquilles d'os et des grains de terre. C'est ainsi qu'on peut vérifier, au hasard de la glissade humaine, que l'Histoire n'admet pas d'erreur *(plus fort :)*

L'HISTOIRE N'ADMET PAS D'ERREUR !

(La logique, en mourant, fuit l'Ignorance. Tandis que le rideau foireux de la Rouille lui cisaille déjà les Globes des yeux.)

Ne voyez ici qu'une suite de flashes signifères limites [1] *indéfiniment prolongés : fentes en train, quadrilles, épaulements, carottages, travail taupinant et qui en encaisse. Ainsi :*

1. Blocs associatifs machiniques.

(Flash signifère limite :)

Rasoir intime à manche en os que je jette de toutes mes forces contre la vitrine, vivement la Cloison-Viscère qu'on nous promet !, nom de Dieu ! Ha ! Ha ! Ha !

(Flash signifère limite :)

Escarmouches entre PireTics et LogoDédales. Dans les bois.

(Flash signifère limite :)

A quoi mettent-ils 3 jours à quoi vit à quoi l'urine
Ta lettre à respirer le terme à respirer ce tel-
Colère pour donner chaleur, conducteur attendu passionnant
Du cul, disait-on, à quoi meurtrissure, à quoi plonge !
(Enflammé) tuyaux des lieux de ma fausseté. Je possède un
Rat apprivoisé que j'oblige à cracher toutes ses dents et
Je lui donne du lait le rat est obéissant et affectueux.
Toutes caves grises et toutes rues pavées montez et descen-
Dez les escaliers extérieurs vers le ciel bleu balayé et
Jetez-vous ! Poules pleines stupides, champs ronds, val-
Ves pyrotechniques FAUT ALLER PLUS VITE !

(Flash signifère limite :)

Expédition, à quelques-uns, pour observer où est la construction du Grand Collecteur FliCultu, centre des machineries, plus dérivés gazonnés et maisons des jeunes conseillers. Et aussi ce petit bruit, ce petit commencement du bruit vital tel qu'on trouvera enfin tout naturel de s'entendre dire :

« J'ai jeté dans l'abîme une parcelle de ma sagesse afin que de mon cerveau soient éparpillés à leur tour les grains de poussière »...

(silence)

(bruits dans la pièce, froissement d'une feuille de papier)

(Flash signifère limite :)

Que l'armée silencieuse des morts s'enfonce, ils s'appuient les cons les corps les Cops contre les murs autour de moi ma machine, ils jouent leur rôle sans défaillance comme une flotte de barques repeintes à neuf. Plus de larmes maintenant !, heurtez-moi, et nous, courons après le vieil acide !

Ouvrons l'œil, voici le banc dur du prétoire, cœurs de couenne ! Mieux vaut la vulve qu'on déploie ! Pivoines !

Un hoquet ravit ma tendre nature : Toc ! Toc ! Qui va là ? — Ce n'est que moi qui toque aux cons, M'sieur le Président ! — Ah bon ! Mais qui a dit qu'il faut toquer aux cons ? — Mais si, mais si ! Je sens encore autour de moi, dans la rue, et malgré le ronron dément des FliCultus, le frémissement des périnées en sueur : on dirait des blés, des seigles, des coquelicots, des colzas quand une brise légère les prend par le travers, M'sieur le Président ! Quand c'est pas évidemment qu'ils se baissent pour toucher du front la viande amère.

Hurlez, camarades ! Hurlez !, moi je m'approche, flash signifère limite moi-même, comme si de rien n'était, Mécrits !, Mécrits !, et je suis déjà dans la pièce agréable.

Il y a désormais querelle, et le raide gueulement de la Mort, et son couinement, pour finir !,

OXYGÉNÉE !

On en revient à la phrase de Chateaubriand.

L'amitié de mon temps est mon sujet (ainsi devait commencer *Louve basse*, mais c'est comme pour Signé-Huguette, comment lui écrire pour la consoler alors que je n'ai qu'une envie, c'est la mettre à 4 pattes et me la faire ?). « J'appartiens à ce temps, je marche sous son lard » dirait l'autre louve, l'autre bête repue, celle qui s'enfonce sous l'eau des rivières, à temps idem, qui guette le sang dont regorge le pénis du gardien de la morgue, ou qui pète bruyamment pour couvrir le bruit du dernier soupir TicPire [1].

— Bon alors vas-y !
— ...
— Il y en a beaucoup comme ça ?
— Là, c'est la destruction de l'image.
— Ha ! Ha ! Alors on croit qu'on est arrivé au bruit de la destruction ?
— ...
— Alors de quoi parlait-on ?
— J'ai pas envie de parler, j'ai parlé de jalousie.
— Oui : *Signé-Huguette*, c'est très bien pour un nom de femme, on le lui fera lire quand ce sera fini. Mais il faut que les gens comprennent bien que c'est un nom de femme, parce qu'elle signait toujours comme ça alors que c'était pas son vrai nom.
— Allez on continue, avant de reprendre le dialogue qu'on a eu au lit, tu es d'accord ?
— Oui, d'accord.

(silence)

1. *TicPire* ou *PireTic*, c'est du kif.

Une grande quantité de personnes qui ont les yeux révulsés ou fermés, ou une ligne sanglante autour du cou, se jettent à bas de leur véhicule (le rasoir percute la vitrine) et s'élancent comme un seul homme (« à quoi meurtrissure, à quoi plonge ») dans la mer. Debout dans l'eau jusqu'aux commissures des lèvres elles hurlent vers la femme infidèle, qui continue de signer, toutes les injures qu'on prodigue habituellement à ce sexe et dans ce cas. Et les eaux qui se tordent rejettent des pots brisés et des débris de capots ou de radios. Les FliCultus-Cochonniers sont coutumiers du fait, Huguette !

(bruit d'un canif avec lequel on gratte)

Rentrons : polissage ! Sans de langue, raclure ni faramineuse, défaisant les la du, faisant passer les points au *cadavra*[1] et les vers mangent tes dires grommelant encore des soucis que tu causais, en élargissant les commissures ton sang non du des parts de bouches. Canifs, caprives ! Parasites, œufs !

Un pied après l'autre, dans les pas de l'héroïne, méthodiquement jusqu'au moment où je chois dans sa fosse et où le choc que je produis en y tombant déclenche la retombée de la terre et ses claquements sonores sur le bois, et ces vers s'en portaient mieux, salaud ! Or qu'un à parler barre bourrelet fût épars désastre fût fameux courant parlant (*sir* Pound !) ses et malheureux anchois millepieds ravageant mon cœur de couenne ! Où, pendant plus de 3 jours (ceux-là qui devaient voir, comme on dit, la composition de ce chapitre) nous avons beaucoup de mal avec la vivisectionneuse de taille, même après graissage à la vaseline et introduction dans le préservatif extrait de la boîte de 25. Le temps était doux, un gron-

1. Cf. *attrapées dans les plis de la cdlotte trop collante ours emmielé enflé comme un cadavra* (in *le Mécrit*, p. 85).

dement régulier montait, la vitrine était réparée et Signé-Huguette repartie. On a bien du mal quand ça repart, les cadavras des louves charriés par le courant butent contre nos épaules,

MAIS LES HÉROS DOIVENT ALLER TOUJOURS !

— On en est où ?
— Aux *morts* et aux *FliCultus.*
— Alors, qu'est-ce qu'on fait ?
— Tu as faim ?
— ...
— Attends, je cherche mon mouchoir, c'est bien ce que tu as écrit, tu crois que ça passera, mais j'ai oublié quelque chose——————On passe.
— A la postérité, ce que je dis là ?
— ...
— ...
— On fait l'amour ?
— Avec la machine qui continue à tourner là ?
— Mumm.
— Si tu veux oui.
— ...
— *(elle s'accoude)* Mais tu sais je viens juste de me réveiller.
— Mais tu as envie de faire l'amour ou non ?
— Oui je veux bien.
— Mais oui oui, ou quoi ?
— Oui oui ! Oui oui ! Tu vas voir. Viens !
— Tu te déshabilles ?
— J'ai encore sommeil...
— Dis-le plus fort !
— J'AI SOMMEIL ! Non, ça suffit !
— ...
— ...

— Comment tu te mets ?

— *(elle se penche pour voir si la minicassette tourne bien)* Ha ! Ha ! Tu vas vouloir encore l'amour descriptif hein !

— Mais non ! Tu en as envie ou pas ?

— Ecoute, n'essaie pas de me faire dire des choses, viens !

— ...

— Je te connais, tu sais !

— ...

— Ça enregistre tout, y compris les bruits ?

— Oui.

— Ça va enregistrer tes grands cris quand tu éjacules ?

— Non, je ne vais pas crier.

— CHÉRI !

— ...

— ...

— ...

— On est bien, hein. On a chaud, c'est agréable.

— Comment tu me veux ?

— Ah, je voudrais que tu m'embrasses et que tu me caresses un peu.

— ...

— Tu ne t'es pas rasé hein ?

— Ça pique ?

— Mumm.

— ...

— Oui, vas-y.

— C'est bon ?

— Mumm.

— Pourquoi tu fais ça, qu'est-ce que tu fais ?

— ...

— Allez dis-le quoi !

— Je te caresse tes couilles pendantes avec mon pied droit, avec le dessus de mon pied droit... Je les vois... Elles sont soutenues par des petits pontons de peau, tu vois, là ?

— Ouais.

— Tu vois, il y en a une de plus large que l'autre.
— Oui, mais précise aussi les couleurs, c'est mieux !
— Elles sont très roses aujourd'hui, pas du tout violettes. Elles sont d'un beau rose, avec une veine noire qui court dessus et une petite touffe de poils qui leur fait de l'ombre, comme ça.
— Mumm.
— Et ce qui est frappant, c'est qu'elles pendent comme ça avec.
— C'est parce qu'il fait chaud.
— Oui, mais pas seulement, elles ont des petits ponts tu vois...
— Mumm.
— ... de peau molle. Quand je les pince, que je les tire comme ça, tu vois, j'ai beau tirer, ça reste à sa place, ça revient tout doucement ?
— Mumm.
— Ça c'est très curieux !
— ...
— Elles sont petites aujourd'hui, tu sais !... Tu aimes que je te les caresse comme ça du bout des doigts ?
— Mumm.
— C'est drôle, celle qui est plus basse est aussi plus loin derrière... Tu es face à moi comme ça, en plus !
— Tu as de belles mains, tu sais ?
— Voilà, et puis au-dessus il y a ton gros long gros lourd sexe !
— Mumm !
— ...
— Tu me veux maintenant ?
— Oh, écoute ! Tu ne me caresses pas beaucoup !
— ...
— Voilà... Mumm !... Oui ! Voilà ! Fais-moi ça, c'est bon.
— ...
— Oui ! Bravo ! J'en ai envie, tu sais ! Ah !...
— Tu veux que je fasse entrer le bout de ma langue ?

— Non, reste en surface comme ça, comme tu fais là !

— ...

— Mumm, tu m'excites, tu sais !

— ...

— CHÉRI !... Oui !, continue...

— ...

— Caresse-moi aussi avec tes doigts, tu veux bien...

— ...

— *(allumant l'autre lampe de chevet)* OUI !... Mumm...

— C'est bon ?

— Oui ! Tu vois, je tourne mon con autour de tes doigts !

— Mumm... Chérie...

— NON ! Ne te caresse pas !

— Ah... Allez !

— Qu'est-ce que tu m'excites ! Tout à l'heure, je me mettrai à plat ventre.

— Oui !

— ...

— ...

— C'est là qu'il faudrait un polaroïd ! En plus de la cassette ! Tout marcherait ensemble, la cassette, les photos, tes doigts raides et moi tournant mon con autour !...

— Tu aimerais, hein ?

— ...

— On tirerait les photos au fur et à mesure. Et puis tout de suite on continuerait !

— Oui, et puis je me regarderais, et toi et tes doigts...

— ...

— Oh oui... Doucement ! Viens, continue avec tes doigts...

— Tu veux que j'en mette 2 comme ça ?

— Non, pas trop fort ! C'est mieux comme ça...

— ...

— Pas trop fort !... Regarde comme il est pâle ton sexe !

— Mumm.

— Il est bleu, mais « pas comme ma verge[1] »...
— Non, allez ! On fait l'amour quoi !
— ...
— ...
— Tu l'emporteras, la cassette, cet été ?
— Oui, on va tout essayer avec ça, tu veux ?
— On pourrait la mettre dans la voiture et enregistrer pendant qu'on tourne l'émission si tu veux ?
— Oui, toutes sortes de conversations.
— Mumm.
— Tu veux te mettre à 4 pattes ?
— *(elle s'assoit)* Oui, attends, pousse ça !
— Viens par là, viens à l'angle du lit, un pied de chaque côté, comme ça je bute pas.
— ...
— Voilà ! Très bien comme ça !...
— *(elle donne un coup de genou dans le micro)* Mais c'est pas pratique avec ce truc au milieu !
— Mais si !
— Mumm... Doucement !
— Oh là là ! Ce que j'ai envie de toi !
— Ah non, tu vois...
— Mais si !... Tu sens comme je t'ouvre ?
— Oui...
— Quel effet ça te fait ?
— Mais je ne suis pas prête !
— Tu te sens devenir béante ?
— Ah !...
— Allons, viens !
— Non, je peux pas vraiment avec le micro là au milieu !
— Mumm !...
— ...
— Mais tu me veux ou tu me veux pas ?
— Pas tout de suite ! Pas comme ça !

1. Allusion à « Artaud refait, tous refaits ». Ici : le chapitre 3, p. 39, en réalité écrit presque un an auparavant.

— Bon, bon, j'arrête la cassette...

— ...

— ...

— Tu l'as remise en route, hein ?

— Mais non ! Pas du tout ! D'ailleurs elle serait trop loin en dessous du lit pour que ça enregistre...

— ...

— Allez, on continue, viens par là !

(inaudible)

3.

Début juillet 1972, à Cerisy-la-Salle, petit château, parc admirable où Roland Barthes aime bien se promener, petits étangs, écuries aménagées en dortoirs supplémentaires (c'est là que je loge, dans une chambre où je suis seul, privilège du conférencier), agitation bienveillante et douceâtre normale à tout centre culturel. Il pleut beaucoup et j'ai des rhumatismes.

Titre de la décade : Artaud — Bataille, pour une révolution culturelle [1].

*Mon tour vient le 3*e *ou le 4*e *jour (j'ai fait le trajet en voiture en m'arrêtant à Lisieux pour déjeuner), tout le monde très énervé, rien de concerté, on a beaucoup parlé* schize *la veille au soir après une séance de travail collectif avortée, tout le monde redescend du grenier et s'installe dans la bibliothèque (200 places ?) où ont lieu les interventions de la journée et j'organise une sorte de tribunal où je juge* Tel Quel, *façon* Tel Quel, *président* détournateur, amalgamateur, viciateur, Sollers étant en *quelque sorte mon coadjuteur et Devade et Henric mes assesseurs (Guyotat étant indisponible à un autre (étage ?) : improvisation brutale, tout le monde me regarde, j'apostrophe les uns et les autres, ça n'est pas facile une heure et plus durant. Tout cela sans grande importance peut-être, sinon que je grossis les écarts, ce qui pourra toujours servir le lendemain.*

1. Ou « *Vers* une révolution culturelle » ? Je ne retrouve plus le prospectus.

Le lendemain donc : quelques instants avant le début de la séance, entrant dans la bibliothèque (les murs sont tendus de filets pour qu'on ne puisse pas voler les livres), je reconnais, inscrits au tableau noir, ces mots : « Ce n'est qu'un débat, continuons le con bu ! », *phrase reprise de mon intervention de la veille au soir.*

Au-dessus, tandis que les auditeurs envahissent peu à peu la pièce et choisissent leur chaise, j'écris une phrase d'Artaud : « Ma langue, ma langue, merde ! » *et je la signe :* « aRtaud = Râteau ». *Plus loin, j'écris :* « La Ferme », *et en dessous :* « Peinture de Miró, 1921-1922. »

Quand tout le monde est installé, je me lève, je marche de long en large en expliquant que dans quelques mois paraîtra mon nouveau livre, « le Mécrit », *que c'est la dernière fois que je parlerai de poésie, en écrirai, etc.*

Je crois me souvenir que j'ai aussi parlé d'une taupe, d'angoisse et de divers autres détails. Puis j'annonce qu'une bande pré-enregistrée parlera à ma place, depuis la table de conférence, et qu'on n'a qu'à m'écouter.

Pendant que le début de la bande se déroule, je tourne le dos à la salle et j'efface le tableau très lentement, faisant d'abord disparaître le « Ce n'est qu'un débat », *etc. Je respecte ostensiblement la phrase d'Artaud, mais j'efface son nom en ne laissant que* « Râteau » *qui devient* « Rat ». *A droite du tableau, on ne voit plus que* « La Ferme ». *Plus tard, et longtemps avant la fin de la séance, tout aura été effacé.*

NOTE.

Je place ici, sans doute pour que chacun continue de se demander pourquoi j'y attache autant d'importance, la photo de cette momie au poing droit levé, que j'avais déjà exhibée complaisamment (COMPLAISAMMENT !) en tête des 27 pages d'*Artaud refait, tous refaits !* éditées par mes soins pendant l'été 1973 chez un petit imprimeur étonné du XIIIe arrondissement : VARAP.

Momie d'homme pauvre (contrairement à la plupart de celles qui encombrent encore les couloirs des catacombes de Palerme), — *pâle de l'effort fourni note trachée commune dit-on, même essoufflée même éventrée par la canule* —, au cœur énorme et à l'œsophage (SA TRACHÉE ! ?[1]) boudiné comme un tuyau de pompe à essence, visitable à merci dans un réduit de la chapelle[2] napolitaine du prince Raimondo de Sangro. Ledit prince avait procédé en personne, il y a près de 200 ans, à la « marmorisation » de celui qui ne devait être après tout que son valet de chambre préféré.

1. *Tempo* : Der Trunkene im Frühling, « l'homme ivre au printemps[3] ».

1. Cf. p. 11, ligne 2.
2. Chapelle San Severo, 19 via de Sanctis.
3. Malher.

2. *Pompe : La grande vache Histoire aux sabots cra-cra dans sa course sans surprise, les yeux exorbités par la violence des poussées sur ses fesses qui le prolongeaient — cet « homme ivre au printemps » — en cul et en plein galop, le corps de celui-ci entourant la vache comme un liseron, comme un derrière qu'on gonfle, comme un collecteur de merde poussif hurlant et projetant son fouet de sueur partout.*

3. *Spectacle.*

« Artaud refait, tous refaits ! »

(début de la bande enregistrée)

« J'ai accepté d'écrire ce texte, assuré que les mots, au cours de leur lent pourrissement, pouvaient encore nous mener devant le remuant tableau [1], nous, nous qui pensons encore à rebrousser les monades de l'air, qui tordons le cou à la figure torve de fama fatum, ou destin névrotique des choses. Nous, sans qui l'ensemble du personnel de cette histoire, face au tableau, risquerait de méconnaître sa propre chair hostile.

Le tableau, mon dieu mon dieu, a été exécuté devant une ferme, mais je raconterai son histoire son histoire dans un saint saint saint et jaune endroit, oh bon trou, plage à craquements des mots. La ferme fait tout taire d'avance, cet endroit est autour du ventre, en avant du soleil, au-delà de l'oiseau et autour de cette circulation d'eau soufrée. — *Je repars.*

Une fois le personnel de cette histoire concentré au bon endroit, un peu en retrait de la mer, face à une sorte d'escarpement dont je ne me doutais pas qu'il viendrait

1. *La Ferme,* de Miró, 1921-1922. En 3 fois là aussi : Montroig, Barcelone et 22, rue Blomet, lieux d'exécution du tableau.

un jour sur ces pages, ventre flottant sur ces pages, ventre à l'air, pour tout dire me régurgitant, ne cessant pas de m'en faire voir, de m'administrer ce puant lavement, et moi, l'enfant de la haute merde, moi forcément, crochant, crachant dans la lente parturition de mes mots. Fallait bien en arriver là, langue rongée par les salades de la prolifération, désireux de m'illustrer quoi. Et, ce faisant, de remerdchier tout le monde. Un preu plus. C'était un peu pun peu plus de pus flottant devant le soleil, comme un clope.

L'esprit sûr, de l'orteil tâtant le galet, à l'aise loin des assemblées des plages, j'arrive face à la ferme, mon tableau à la main, avec dessus un fourmillement inhumain mais limpide *(tu parles !)*, les stratifications d'un univers arrêté mais strié de coups de couteau, l'oiseau mort une fois frotté dessus et jeté dans les vagues. Et tout ça maçonné de ma verge bleu rose qui flotte au ras de l'eau *(table à l'eau, table à l'eau, table à l'eau !)* colonnant profondément mon arrivée, euh Œdipe à colonne regardant cette peinture de Miró à moitié rond, à travers mes paupières cisaillées, gorgées du pus du soleil, idées d'affiches, signifiants variés mais tous sous le mot bataille, flacons de beurre évidés, la croûte quoi, face aux fesses des couleurs.

Merde, ça va être dur : pourri d'avance le tableau, pourrie la croûte, pourri d'avance celui ou celle qui aurait emporté ce tableau, rat, mulot d'eau, qui aurait emporté cette histoire au-delà du tableau ; entre plot et trombe, trop facile ! Merde, *je repars* :

Crible, criblant l'onde, viseur de déluge en retraite, c'est encore loin, campeur de, du tableau, campant personnages, toile, eau, oh la la. Et tout ça façon illustre, et d'une espèce de lavis d'architecte qui rejoint le ventre avec la réalité.

La toile constitue la ferme de fond aux yeux bleus, se suçant le pouce jusqu'à l'os (entre les mots « toile » et « ferme » bien sûr : contrepèterie). Elle oscille devant moi rêveusement, barrant l'horizon de l'histoire, y faisant le beau. (Immédiatement :) Marrant. JE REPARS (crié) :

Le bâtiment est à gauche sur la toile, d'une blancheur d'os. A droite une grange dont on voit l'intérieur : coq sur escabeau, chevreau sur tabouret, instruments, lapins, étagères. Entre les deux : arbre dont les branches se terminent en masses légères de virgulettes anarchiques sur le fond du ciel qui est vraiment bleu, lui, pas comme ma verge. Le pied de l'arbre embaqueté dans un socle de ciment blanc. Devant, donc au pied de la toile : arrosoir et seau. Sur la gauche : poubelles vides ; sur la droite : arpents de champs encaillassés, où forcément chacun dans cette salle attend le râteau ; encore plus à gauche que les poubelles vides : sommet de plant de maïs. Entre les poubelles vides et le socle blanc de l'arbre : chemin qui mène au lavoir, avec laveuse devant, dos rond, fesses fermées, des deux épaules enfonçant de toutes ses forces quelque chose dans l'eau du lavoir drôlement bleue, et pas non plus comme ma verge *(immédiatement :) Je repars :*

J'oublie la lune, comme un poing levé, méchant mais rond, sans phalanges, désonglée : voilà qu'elle est dans le haut du tableau, à droite, sur le ciel bleu. J'oubliais : *(silence)* J'OUBLIAIS : d'un peu plus ! VRROUOUOU, VROUOUVRRR, WHAF WHAF, VRRRRROUOUOUOUUUUUVVVVRRRRRRR OUOUOU, WHAF WHAF WOUWOUWOUOUOU, WAF, VRRROUOU WHAF WHAF WHAF, VOUHOUOUOUOU, VROUOUOUMMMMM, WHAF, VRRRRRROUOUOUOUUUUUMM, FRRRRRRROUOUOUOU, OUHOUHOUH, VRRR, WHAF WHAF, WHAF WHAF, VRRRRWHAF, VRRRRWHAF WHAF WHAFRRRRRROUOUOUOUM, VRRROUM, WHAF, VROUM, WHAF, WHAF WHAF WHAF WHAF, VRRRRRRR-OUOUOUOUOUOU, OUH, OUH OUH OUH OUH, VRRRRUUUUUUMM-

MMMMMMM, WHAF, WHAF, VRRRMMMMM, WHAF WHAF, VRR-MMM, WHAF ? WHAF WHAF WHAF WHAF WHAF, WHAF. *(Silence, je respire bruyamment dans le haut-parleur, ça marche)* : Et je me dis, pour m'en souvenir, c'est la première musicale, le vrombissement du rhombe dogon entremêlé d'aboiements.

Dans cette salle [1] qui est une cerise *(plaf, plaf* [2]*)*, et qui me rappelle une image que j'ai longtemps portée en moi où je m'exerçais à l'idée de me voir *(plan polaroïd Rome)* plongeant les fesses, d'un mouvement puissant et rotatif, dans des fesses de femme mais qui seraient *(plaf, plaf)* deux énormes mirabelles blettes, qui s'useraient donc au contact des miennes, qui dégoutteraient, emmiellées, peau et muscles craqués d'abord, puis mollis, allant tartiner peu à peu les cuisses, les mollets, formant un bourbier de fraîcheur et de sucre autour des talons. C'est une image qui bombe à plat *(plaf, plaf)* et qui craque comme une punaise avec cette odeur aigre, acide, odeur de sang blanc et d'os, en même temps asphyxiante et sucrée *(immédiatement :)* JE REPARS,

comme un pneu de plus au ventre du dipneuste

(silence)

Les vrais *Repars* ne sont pas toujours de la revue, ou alors c'est qu'ils sont de toutes sortes, calibre, chasse, envergure, qu'elle est pure, de sa part, contre-part. Et quand vous entendez *Je Repars*, ça veut dire : On en revient toujours là. Ainsi à propos du dernier : mouvement du rhombe manié par le dogon, hurlements des chiens dogon, début asphyxiant de la parole du dernier mort, ou du premier, je crois plutôt le premier, oui, que

1. Cerisy-la-Salle (Centre culturel de), Calvados. (Non : *Manche,* me précise l'ami Pierre.)
2. *Plaf, plaf* : bruits des touches du magnétophone qu'on enfonce et qu'on relâche.

symbolise le rhombe. Rhombe à l'air, rhombe petit rhombe, hélice lancéolée de bois, bois noir marqué au feu de chevrons plus clairs, lignes de dentures du vagin des mots. Rhombe dont le chant tuerait femmes ou chiens qui l'entendraient, quand il tournoie, le con, au poing de l'homme nu, verge bleuie, serpents qui me bleuissent, merde, le long d'itinéraires compliqués, dans une campagne glaireuse. Rhombe épanoui, superbe moule cannelé d'un con flambant neuf, ça alors, masturbatoire des femmes ! Quelle joie, râteau !

On en revient toujours là : hurlement originel, fantaisie déambulatoire, primesautière et sidérante, description fornicatoire d'une glotte fonçant vers le haut, pointant du museau sous le capuchon, ritournelle labiale chuintante, grosse langue issant du con, montrant les dents d'être obligée d'en arriver là, serrant ses dents mâcheuses, bois noir grincheux du premier mot. Et si ce n'est pas le rhombe, écoutez l'autre mort : (Ecoutez !) : AAAAAAAAAAAAAAHHHHHHHHHHHHHHHHHHHTITA TATA AAAAAAHHHHHHHH TOUM TA TATA, TITA TOUM TATA TA AHHHHHHHHHHHHHHHHHTITATA TA TOUM TITA T ATOUM TA, TITA TA TATOUM TA, TITATOUM TATA TA, AAAAAAAAAHHHHH, TITA TOUM TITATA, AAAAAAAAAAH, TITA TAM TAAAAAAAAAAAAA, WWWWWWWAAAAAAAAAAAAAAAHHHHHH *(plaf).* Moi aussi j'y ai droit.

Et voilà le peintre qui recense ses richesses. Egorgeur salopant il les dénombre avant d'y fourrer son os. Il leur fait faire un tour d'honneur, puis leur passe de l'ombre. MOI AUSSI !

Les pages affleurent lentement, préoccupé que je suis par le retour à l'eau, pieds encore sous l'écume blanc rose, mes ongles sont bleus vraiment là-dessous, j'avance, balançant tranquillement le cou de mon pied contre l'eau, balançant l'autre à son tour, tout le haut de mon corps pris dans le soleil, la chaleur, bientôt les mouches et la sueur. Casquant en fin de compte pour le haut du bleu du ciel !

Avant d'unir ton regard au mien, ferme les yeux Miró : c'était la première note chantée par Iro, au début de l'acte III d'*Il Ritorno d'Ulisse in Patria.* Rien que ce pauvre son d'O, dans *O dolor, O martir che l'alma attrista* ! Errer un peu avant le jour à la lisière du champ d'épandage de mes fantasmes. Cette plage où va se dérouler l'autre toile, où parlera l'autre mort de ma langue, où va se passer quelque chose que je n'avais pas prévu de raconter. Et, dans le pus des mots, le long de la langue de terre ratissée par l'artaud, il s'agit d'écouter le discours de l'ongle *(silence, plaf !)* : TOTOC TAC TOC, TAC TOC, yia, yé, ia yéyé, é éyiayé yia yé yé, TOTOC TAC TOC, TOTOC TAC TOC, TOC é yi yaya é éyi yia ya yaé yia a yé, TOTOC TAC TOC ? TOTOC TAC TOC, TOC yé ia yé yé (syncopé, très fort :) E, Ey, yia yé yia yia é, yié yié yia a, é é yié yié, éyia éyié é yia yié, yia yia yié yié, TAC TOC TAC TOC TATAC TOC TOC é yia éyié éyié yié yié yia yié yié yié ya é éyié éyia, ya, TOC TAC TOTOC, yé ia, yé ya yé, wa yia yié, wa managa yé é maya yié, TOC, yié ma nayié ouma yié, Ta yé é maya yé, mayou yémayia yé ya, Ta yié mana gayé yia yié ya, TOC TATOC TAC TOC, TAC TAC TOC, TATOC TAC TOC, TATOC TAC TOC, chantent les Andoumboulou, évoquant, dans le village désertć, l'animation des premiers jours du monde, les bruits multiples du début du parlant. Petit clou moi-même du grand pan drapé du rituel.

Et c'est la nuit dogonne :

J'ai en moi, de part en part, contre-part laminante *(immédiatement :)* aaaaaaaa aaahhhhhhh, aaaaaaaahhhhhhhhhhhh (Ecoutez, ECOUTEZ ! aaaaaaaaaaaaa, plaf, TITAC TAC TOC, TITAC TAC TOC, plaf, aaahhhhhhhhhhhh VVVVVVVRRRRROUOUOU, VROU, OUHOUH OUH OUH VRRRaaaaaahhhhhh, TITAC TOC TAC, *plaf*).

Un homme de l'Ancien Régime en eût perdu la tête, ou fût mort d'ennui. Pas même de rats dans le mur, car laf, ar lafaim, la faim les avait fait fuir [1]. Ou plutôt : nul appât ne les y avait attirés. Rien que des écureuils sous le toit. Et sous le plancher. Euh, hun, un ; qu'est-ce que c'est que ça deux points mais aussi comme un point d'interrogation : un, un whip, un WHIP, un Work In Progress, un WIP (celui-là, il l'a écrit avec un H !), un wip sur le faîte, un geai bleu criant sous la fenêtre ; un lièvre ou une marmotte tapie sous la maison ; un petit duc ou un grand duc, domicilié derrière elle, toute conne et toute velue encore ; une troupe d'oies sauvages, recueillies derrière elle ; ou le plongeon [2] avec elle et son rire dans l'étang ; et un renard pour aboyer dans la nuit. Pas de cour de ferme, en tout cas, elle n'est pas encore là, mais la libre nature venant battre à votre seuil même. Une jeune forêt, euh, une jeune forêt, en quête de place, en guise de seau, en guise de pas de sentier, en guise de pas de cour d'entrée, et pas de sentier pour les crapules le long du monde civilisé. Ecoutez donc ! *(plaf !)* :

Ecoutez donc la voix des sumacs sauvages et les ronces qui forcent votre cave. Et puis la conque, pas la conque, euh, comment ça s'appelle, la coque, la coque éjaculant son trrunnnk ! trrunnnk !, qui de quelque éloignée crique s'en vient droit sur l'eau, toujours le même mot répété, toujours après son âge, toujours après sa ceinture, toujours à part. Et quand à force de l'observer, elle a fait le tour des rives, la coque passe et repasse à la ronde, jusqu'à ce que le brouillard disparaisse. Moment où le patriarche, le seul qui ne soit pas alors sous l'étang, continue à faire son trrunnnk ! trrunnnk ! en quêtant dans les psaumes une réponse *(plaf !)*.

1. Début de la partie directement improvisée *à la voix,* le magnétophone étant posé par terre derrière le lit, et moi à 4 pattes au-dessus pour l'abriter autant que possible des bruits de la rue.

2. Le plongeon catmarin, *gavia stellata,* est capable de rester une minute et demie sous l'eau et de s'enfoncer jusqu'à une vingtaine de mètres de profondeur.

Je fus le témoin d'une cérémonie révoltante, les regrets et les soupirs brûlant d'être chantés. J'appris aussi des choses, justement, sur les costumes complexes, souvent changés en centipèdes ou en renards. Un jeune captif fut ligoté sur un bûcher, les prêtres arrachèrent son sexe avec des griffes de cuivre chauffées à blanc, me rappelant parfois musiques et oiseaux chanteurs, là-bas dans les bois du Lincolnshire. Les exécutions furent accomplies secrètement dans des bocaux situés sous le temple. Alors, que me vaut de n'être pas morte ? répète l'autre oie sur la rive opposée, en écho, avec une frémissante sincérité. Et moi mort comme un souffle qui ne serait pas reconnu par les hommes, suggérant une nature vaste et peu développée ayant feint de s'éveiller, d'exprimer le sens. De cette nature. J'en savais déjà plus qu'eux, à cause de mon entraînement et de mes études intensives, techniques, dépendantes, calendales *(silence entre chacun des mots)* et mélodieuses. Et en vérité, la plupart du temps, cela ne suggérait que d'aimables associations d'idées, qu'on l'entendît de jour ou de nuit, en été ou en hiver.

L'oie, la grosse, la grrroooosse oie ligotée sur un divan et dévorée vivante par des centipèdes géants. Et ça n'était pas seulement une répétition de ce qui valait la peine d'être répété à l'intérieur de la cloche, mais c'était aussi la voix chevronnée du bois. Ecoutez mon oie primitive. C'est elle qui sert le rituel dogon qu'on appelle le chant des Andoumboulou, dont la première partie, psalmodiée par les initiés dans le village déserté, évoque l'animation, etc. Et alors c'est la nuit dogonne :

J'ai en moi, de part en part, cette ferme-là, contre-part laminante *(chanté à nouveau, très bref extrait de la note hurlée, Iro, mon dieu, mon dieu !)*. J'ai en moi cette ferme, de part en part, contre-part laminante, écran de corbeaux sanieux, les cous noirs de tous ceux qui ne croient pas, qui ne croient jamais QUE LEURS CORPS COMME LEURS TABLEAUX puissent être accrochés là où les murs pourrissent. Encres en moi, poutrelles trajanes transfixiant la glotte, rideaux charnus, fourrageant la vision d'une ferme. Ç'aurait pu être si simple ! AAAAAAHHHHHHHHH TITA TAM TI TA TA TOUM, TATA TOUM TITA TA TOUM, AAAAAHHHHHHH, *plaf !* (*sur la bande :* vrroum). Qu'est-ce que vous voulez que j'écrive d'autre ? Sinon cette fatigante oscillation du contenu de la gorge bousculant l'autre, basculant vers l'avant le contenu de la gorge, trempant du cul, remontant à toute pompe, vomissant, renflouant, pâturant, picorant, crépitant, pimpant, flaque ou jus, puis craie *(plaf !).* M'éloignant vers la plage, m'amusant de voir mes pieds déjetés par un défaut de perspective, attendant l'arrivée du prochain *Je Repars* (Tiens, le voilà ! :) Et s'enfilent alors les trompettes dogonnes : FWWWIIIIIIII, TAC TATAC TOC, WIIIIIII, WIII, WII , WIIIIIIIIIIII, TOC TATOC TAC, TOTAC TAC TOC, éyié yia yia, yiyié ya, ma nya nyé yia, TATOC TAC TOC. Ma nya na na ya o, ya ona yé yana, mayéyé manya ya yié oyié, yia nyé nya oyié, ya ona ya ona, yé, yaona, é yia o yia, ma nyé nao yé, é na oyia, yaényé, nya, yaonya, yaoré, et rénya o yia oyié, nya ora, ora yié. Nya nya nyao, nya oyié, nya nya nyao, nya nya nyao, et yoé yé, et yia yaoré, etc., etc.

Le bruit dans le fond, comme si on remuait des meubles, c'est le vent. Et puis il y a aussi les aboiements des chiens dogon. Celui qui parle énumère les lieux où on a vu les pas du mort, où vont passer tous les morts dogon, tous les autres après le premier. Wraf ! WRAF WRAF YA YA YIIIAAAAAAAA ? *Puis :* WWWWWIIIIIIII, MOUAAAIISSSS, MMMOUAI, MOUAIIIII, WRAF ! WRAF ! MOUUUAAIIIII, MOUAIS, MOUAIS, MOUAIS ! MOUAIS MOUAI MOUAI OUAI OUAI OUAI ! UAIUAIUAI AI AI AI AI AI AI AI ! EEEEEEEEEEEEEEEEEEEEEEh !

Parfois il y en avait un qui tournait, qui tournait autour de moi dans les bois, à quelques pieds de distance, comme s'il était attaché par une ficelle. Et ça c'était probablement quand je me trouvais près de ses œufs, près de son nid. Il se mettait alors à chanter par intervalles, mais d'un bout à l'autre de la nuit, un peu plus loin que la plage, un peu plus loin euh et à cet endroit là c'est pas vraiment un escarpement, c'est quelque chose qui passe, à propos d'un escarpement, mais qui va un peu plus loin, euh un peu plus loin, d'un bout à l'autre de la nuit, un peu avant l'aube, eh, et presque sur le coup de son apparition. En somme ce n'était peut-être qu'une seule des articulations de la nature. Une seule peut-être de cette ligne actuelle du prêtre, autrement dit de quelqu'un qui savait sur quel bouton presser pour mettre la machine en marche, mais il euh il fallait la reconstruire de toute façon après le départ des centipèdes.

Mais quoi ! *(hurlant :)* Dans quelques lignes, quelques mouvements de chaises de gens qui ne sont pas d'accord, plus loin ça évidemment, quatre, cinq flots d'air encore *(pfou, pfou)*, ça y est. D'ici là, révisons : ferme, LA FERME ! Escarpement au-devant de la plage, future entrée en scène du râteau, cerise indéfinie autour de mes paroles, où est le tableau, où sont ceux qui s'y seront conse ? Et qui m'a, moi, dans le tumulte et les lumières, tout disparu, la salle et la nuit, seul qui si, sui s'y son, moi arc-bouté, de toutes mes forces pesant, le deltoïde encaissant (la vache !), défonçant sans qu'elle se l'avoue cette longue phrase écorchée vive, ce gros tas épique, olida permanent de mon écriture ? Et qui conse, ekki qu'onse, encore oh la la ! AAAAAAAAHHHHHHHH, TA TA TIM TATOUM, TATA TOUM, TITA TOUM TITATA TA, TATATI TATOUM TATOUM TATA, plaf ! Qui c'est qui sera refait *(gueulant :)*, DU MIRÓ, DU RÂTEAU OU DE MOI ?

Les plages, y a rien de plus agréable à ratisser : tout s'ordonne, marquis [1], cassons-y notre pipe, perlons-y la dernière sueur, agrafons-y la toile rèche, déchantons-y

1. Pour que tout soit bien clair, à propos particulièrement de ce livre-ci : « Un peu de semence jetée par lui dans une matrice commune, et où ce qui peut germer germe, ne peut lui devenir une obligation de prendre soin de l'embryon germé, et ne peut pas plus lui imposer de devoirs envers cet embryon qu'envers celui de l'insecte que ses excréments déposés au pied d'un arbre auraient fait éclore quelques jours après : c'est, dans l'un et dans l'autre cas, de la matière dont le besoin oblige de se débarrasser, et qui devient ce qu'elle peut. » Sade, *Histoire de Juliette.*

(plus vite :) ET TOI, LE POÈTE : DÉCANILLE ! ASSEZ COUSU DE FIL BLANC COMME ÇA ! Ainsi, la guenille à la vulve, tu me vois venir de la mer, tu me regardes, velue et rose, pleine d'envie comme une fenêtre répugnante. Je balbutie en tombant, ça y est, à genoux sur le bord de l'eau :

— Pourquoi fais-tu cela ?

— Tu vois, dit-elle, je suis DIEU...

— Je suis fou...

— Mais non, regarde euh, tiens-toi tranquille, la fatigue, tu t'y feras ! Kra *Plaf, plaf !* Je regarde, c'est encore Iro qui chante, même chant que précédemment, mais un peu plus loin, passage à la fois balbutié, hésitant, coquetant, mais enchaînant sur une ritournelle des plus grosses. Tout à fait enjoué, si ça ne laissait pas d'être parfaitement inquiétant. Ecoutez donc *(voix cinglante)* ma grosse oie du tableau, ça vient du fond du bois noir, cette voix du con tendu en l'air par le poing de l'homme nu, verge bleue, qui fonce à toute vitesse dans la poussière autour du village. Ecoutez donc, oh la la ! AAAAAAH IO VIDI I PROCI, OOOOOOOOO, OOOOO, OOO, OAH, CH'IO PERDEI LE DELIZIE DEL VENTRE E DELLA GOLA ! CHIIIIII, SOC SOCCORRE, TING TITI TING, IL DIGIUN, CHI, CCCHI, CHIIIII, CHI LO CONSOLA, CHI LO CONSO OO OO OLA AA, CHI, CHI LO CONSOOO OLA, CHI CHI CHI CHI LO CONSO OLA TING TING TI TING TING TING, CHI CHI CHI LO CONSO OLA, OOOOOOHHHH, OH OH *(plaf)* TI LA LA LA, TI LA LA LA LALALA LA *(plaf)* CHI CHI CHI CHI, CHI LO *(plaf)* HA HA HA HA, HAHA HA HAHA ! DEL GHI-GHIOTTO TRI-TRIONFAR DELLA TUA GOLA. CHI-CHI SOC-SOCCO-SOCCORRE I-IL DIG-DIGIUN, CH-CHI LO CO-CONSO OLA ? CHI CHI CHI, CH-CHI, CHI LO CONSO OO OO OLA AA, TI LA TING TI LA LING, LI LA LANG ? CHI CHI LA LA LING TING CHI LO TING TING TING LO CONSO OO OLA AA, CHI LO CONSOLA ? *(clac).*

Paf : voilà la vibration de la lyre universelle, voilà notre petite conversation à toi et à moi, renvoyée par l'escarpement, l'écho, jusqu'à un certain point, étant un bruit original, d'où sa magie, d'où son charme.

Je précise, puisque aussi bien vous êtes là : JE PRÉCISE !

Je précise que le bruit de cette bande d'oies à vulves déchaînées n'est pas tout à fait définitif dans mon esprit. Comme je ne pouvais pas couper le son, ni découper la bande pour en enlever les passages défectueux ou les recoller dans un ordre différent, il faut que vous compreniez que, même dans ses balbutiements les plus volontaires, ou ses plongées de ton, c'est l'écho qui pêche au mieux les retards de pensée, sa grosse queue ventre à terre pompant la couleur dans le périmètre marchand du tableau. Autrement dit : ferme, poulailler, volaille, beurre frais dont on se pourlèche, sable entoilé, guenille roulottée couleur bleue du ciel, arbre fourchu, cadence informe de la lumière, QUI PARLE ? QUI VIVE ?

Détendu à nouveau, avec l'absence de sens de mon air mort, j'avance enfin vers toi, je bascule la guenille, je confonds comme confiture, je me rue dans ton escabèche, je plante, aïe donc !, la gésine, vrouuuiiiiiit, v'là que ça commence, t'as le menton dressé vers le fond du tableau, on est bien au milieu, enfoncée de tes 4 pattes, gloussant des fesses vers le visage rieur de la pleine mer, toute nue, petite merdeuse belliqueuse, fumigène adoré de mon écriture (vache que c'est bon !), j'en remontrerais encore au personnel des plages, aux bandes d'oies flapies perdues au-dessus du sel, aux grands oiseaux dits plongeons des vignobles, je balance tes grosses fesses comme un tableau odorant, poids et couleurs au mieux de ma douleur, si tu savais !, je te revois, je te ravale, pléthore blonde de mots rodés, de formidables plis de vie, de corrosion, de viande cuite bubonant, plissant du con comme une armée morte, toute la plage regarde, on sent venir la fin de la conférence, l'histoire entière de ce qu'on appelle un jour l'âme, l'autre jour l'abcès, adrénaline jambon à l'os, excavatrice à coup sûr, on est au cœur de la grosse oie, de son gros jus blanc soulevant ma verge noire, torpillant l'insurrection, frisant le décombre, on est tous au bord de la catastrophe, le paysage le plus étrange *(plaf, plaf !)* nous restera toujours fermé.

C'est dit, je te le jure : que ma maison te fasse le plus mal possible ! LA FERME ! FERMEZ-LA ! VOUS N'AVEZ RIEN A Y VOIR ! LE TABLEAU, JE MARCHE PLUS ! JE SUIS PEUT-ÊTRE NÉ AVEC UN CORPS TOURMENTÉ, MAIS UN CORPS DONT LES OBSESSIONS SERVENT ! LA PREUVE : TARAHU, MA DOGONNE ! TARAHU ! J'ENCONNE LA DOGONNE ! ET QUE J'TE SAUTE LA DOGONNE ! GRASSE TOMBE DE CHAUX PESTILENTIELLE ! Y EN A PLUS POUR LONGTEMPS ! V'LÀ QUE ÇA TOMBE, BON DIEU ! V'LÀ QUE T'AS LE CON TOUT BLANC À PRÉSENT ! V'LÀ LA FALAISE DU BLANC BEC, V'LÀ TOUTE LA FARCE ENSANGLANTÉE DE MES MOTS QUI DÉGRINGOLE ! TOUT S'CASSE LA GUEULE ! ET SUR QUI QUE ÇA TOMBE ? SUR MOI ! A MOI, RÂTEAU ! ON EST TOUS MIRO ! PLAF !

Le tableau s'était ouvert en 2 devant moi, traversé par les zébrures silencieuses du râteau. Il n'était plus question de la pure énigme de la fleur torturée, du paysage saturé, astiqué et pressé de tous les côtés par son pinceau pompant en toute ébriété. La plage fout le camp *(gueulant :)*, les mots caltent, la fièvre, à ce petit jeu-là, risque de mal tourner, *plaf* ! LA FERME ! *Plaf !* qu'arrêtez lé——*plaf* ! Et euh ——LA FERME !——*Plaf ! (long silence).* »

(fin de la bande enregistrée)

(début de la discussion)

Philippe Sollers : « La salle » ! *(long silence)*... « La salle » !... Est-ce qu'il y a maintenant des questions ? Alors nous allons prendre ça dans l'ordre : oui madame ?

Madame Guirard : Je voudrais bien savoir quel rapport il y a entre Artaud, Miró, des oies, le con, l'amour, la merde, la révolution chinoise et la pensée Mao Tsé-toung ?

(rires)

Philippe Sollers : C'est une question que vous posez à Denis Roche ou bien...

Madame Guirard : Non, non, à vous !
Philippe Sollers : A moi ? Bon !...
Une voix : Permettez ! Je pense qu'on pourrait considérer cette question comme une proposition et, puisque aussi bien nous sommes là, on pourrait laisser le soin au magnétophone... centrifuge de répondre aux questions qui vont venir.
Philippe Sollers : Voulez-vous que nous prenions au hasard alors ? Est-ce que Denis Roche se prêterait euh... à cette... pour ainsi dire *magnétomancie* ? Nous allons voir... Au hasard nous allons jouer... Voici votre réponse, madame.
Denis Roche *(j'appuie un moment sur la touche marquée* « Rembobinage arrière », *puis, au hasard, sur celle marquée* « stop », *enfin sur celle marquée* « start »*) :* « ... avec au cœur la grosse oie, de son gros jus blanc soulevant ma verge noire, torpillant l'insurrection, frisant le décombre, on est tous au bord de la catastrophe... »
(j'appuie sur « stop »*).*
(éclats de rire)
Philippe Sollers : Bon, bien sûr on parlera. Rassurez-vous, nous n'allons pas verser complètement de l'autre côté. Est-ce que quelqu'un veut continuer à jouer ?
(long silence)
Personne ne veut poser une question au magnétophone ?
(silence)
Juste un petit rien, quoi !
(rires)
Quelque chose qui le toucherait de près ? Oui, monsieur ?
Une voix : Pourquoi le « râteau » est-il écrit avec une majuscule ?
Denis Roche *(même opération que précédemment, à la recherche d'une réponse) :* « Si tu savais ! »
(éclats de rire)
Philippe Sollers *(essayant de couvrir le tumulte) :* Vous voyez que depuis le joueur d'échecs de Maelzel d'Edgar

Poe nous avons fait des progrès... que nous avons réservés à Cerisy... la « salle » ! Et c'est ici qu'a lieu la première exhibition de cette opération qui devrait nous troubler profondément, mais il faudrait que quelqu'un pose une question peut-être plus... personnelle. Personne n'a envie... de savoir la date de sa mort ? Oui ?

Une voix : Ils sont comment vos poètes ?

Denis Roche : Quels poètes ?

Une voix : Hé bien le poète dont vous parlez.

Philippe Sollers : Attention, la question est : « Il s'appelle comment le poète ? » Attention au poignet maintenant. Soyons spontané !

Denis Roche *(je rembobine) :* « ... volaille » !

(la « salle » éclate de rire)

(long silence)

Une voix : Ne s'agirait-il pas en fin de compte d'une nouvelle version d'*Anabase* ?

Philippe Sollers : Pour ceux qui n'ont pas entendu, je répète la question : « Ne s'agirait-il pas d'une nouvelle version d'*Anabase* ? » Je précise pour ceux qui ne le sauraient pas que c'est le titre d'un grand poème de cette grande « volaille » de Saint-John Perse.

Denis Roche : Non vraiment, je préfère ne pas répondre, ce serait tout simplement dégueulasse. Voilà. Je ne réponds pas à ça !

(j'efface la citation d'Artaud sur le tableau noir, en ne laissant que le mot « merde ! »)

(très long silence)

(au bout d'un long moment, pour augmenter la gêne, je rembobine à plusieurs reprises, on entend successivement les éclats de rire d'Iro dans « Le retour d'Ulysse » de Monteverdi, ses chants saccadés, le bruit du rhombe dogon, d'autres chants, chez les Dogons, des chants funèbres. Je reviens plusieurs fois sur les rires d'Iro et la ritournelle qui suit : « Chi soccorre il digiun, chi lo consola con flabile parola ? » *et aussi sur les mots psalmodiés :* « O dolor, o martir che l'alma attrista ! »*)*

Philippe Sollers : Alors, d'autres questions ?

Stanislas Ivankow : Est-il possible de savoir quelque chose sur la manière dont vous avez procédé pour cet enregistrement, et sur le sens à donner aux interventions musicales ou chantées ?

Denis Roche : Oui, cela fait partie d'un certain nombre de choses que j'aimerais préciser, en donnant tout au moins certains points de repère. Pratiquement, j'avais envie d'écrire quelque chose sur ce qui s'est passé quand Miró a peint le tableau intitulé « La ferme » et sur ce qu'il est advenu immédiatement après dans sa peinture dans les années 1924-1926. Autrement dit m'en prendre à ce que j'appellerai un décollement massif des fantasmes. En même temps, il se trouvait que je relisais le texte d'Artaud sur Van Gogh et certains commentaires que je venais de rédiger d'une façon très autobiographique sur le fait que je renonçais désormais à pratiquer ou même à discuter de la poésie telle qu'on la publie, telle qu'on l'écrit, telle qu'on en parle. J'avais envie de voir ce qui allait se passer, face à ces différents « moteurs » d'intérêt, si je me livrais moi-même à cette levée en masse des fantasmes, en partant d'une première page écrite *littérairement*, avant même de songer à la technique de l'enregistrement. Cette page s'appelait déjà « Artaud refait, tous refaits », titre que j'avais donné à Philippe Sollers avant même de savoir précisément quel projet il recouvrirait. C'était il y a quelques mois. Et puis j'ai enchaîné sur la deuxième page et je me suis aperçu tout de suite qu'en fin de compte c'était moi qui allais être « refait ». Devant cette menace, je suis passé à l'enregistrement, comme une provocation envers mon propre texte. Puis je continuai d'enregistrer au fur et à mesure qu'une série de phrases était tapée à la machine. Et cela jusqu'au moment où une sorte d'arrêt du décollement fantasmatique coïncide avec la première citation musicale qui se trouve être justement le « chant » du rhombe dogon, l'appel lancé d'urgence à la voix (le premier homme mort *déclenche* la voix). A partir de ce moment, tout le reste du texte est mortellement *dicté* par les interventions vocales — la musique des voix — ou par mon propre trajet de paroles improvisées captées par le magnétophone tandis que je me tiens à quatre pattes au-dessus de lui. Je l'avais mis par terre dans ma chambre, entre le lit et l'armoire, pour éviter que les bruits de la rue n'apparaissent trop fortement sur la bande. Une déambulation systématique était rapidement mise en place entre la chambre où je parlais et la pièce contiguë où je captais les voix venues de l'électrophone. Le transport de la mini-cassette d'une pièce à l'autre se faisait sur un rythme assez rapide de sorte que je devais maîtriser mon essoufflement pour que mon débit n'ait pas l'air altéré. Et au milieu de cela, Henric me téléphonait pour savoir à quelle heure on partirait le lendemain matin pour Cerisy.

Philippe Sollers : D'autres questions ?

Une voix : Oui, je voudrais dire quelques mots à propos de ce que vous dites à plusieurs reprises : « Je repars » ou bien « on en revient toujours là ». Ça me fait penser à Rimbaud quand il écrit : « On ne part pas. » C'est-à-dire on ne part pas, on enfonce, on s'enfonce. Et à ce moment-là j'ai pensé — qu'on me le pardonne — à un psaume, je ne sais plus si c'est le psaume 280 ou le psaume 1280, et qui commence ainsi : « pange lingua [1] »...,

1. Jean-Pie Lapierre, mon voisin de bureau au 3e étage des éditions du Seuil, me fournit les précisions suivantes : « Il n'y a ni 280 ni 1280 psaumes, mais 150. Aucun d'entre eux ne commence par *pange lingua*, qui est en revanche l'incipit de nombreuses hymnes dans la poésie sacrée latine. Ulysse Chevalier (si, si !) en recence 34 (*Repertorium hymnologicum*, II, 1897). Deux *pange lingua* sont demeurés dans la liturgie jusqu'à nos jours :

— *Pange lingua gloriosi/Lauream certaminis*... Chanté le vendredi saint à la messe des Présanctifiés. Une tradition date cette hymne de 569. Elle aurait été composée, de même que le *Vexilla regis*, par saint Fortunat de Poitiers à l'occasion de la remise par l'empereur Justin II à la reine Radegonde d'un fragment de la Vraie Croix (Cf. Grégoire de Tours, *Historia Francorum*). Une autre tradition attribue cette hymne à Claudien Mamert († 462), poète chrétien de Vienne et auteur d'un... *Contre les vains poètes*.

— *Pange lingua gloriosi/Corporis mysterium*, chanté à la pro-

Or « pangere » veut dire « chanter » — chant, langue — mais aussi « enfoncer », « ficher » et finalement aussi « enconner ». Voilà à quoi je pensais en vous écoutant. Donc : « enfoncer », « chanter », « enconner », « composer » le poème. C'est donc une sorte de citation que je mettrais personnellement sur votre texte, en forme d'exergue.

Denis Roche : Je vous remercie... Et, puisque nous parlons de citations, je voudrais vous parler de la dernière citation que je citerai jamais, la dernière que j'aie utilisée dans *le Mécrit,* à peu près à mi-chemin du livre. C'est une citation de Lénine : « Désormais il nous faudra travailler sans citations [1]. » Et je pense que ce sera comme ça.

Une voix : Vous avez dit que vous vouliez renoncer à la poésie. Pourquoi avoir attendu la parution du *Mécrit* pour le dire ?

Denis Roche : *Le Mécrit* n'est pas encore paru [2]. Et puis je n'ai jamais employé le mot « renoncer ». En fait *le Mécrit* n'est que l'aboutissement d'une entreprise, d'une démonstration inaugurée au moment de la publication des *Idées centésimales de Miss Elanize.* Quand j'ai donné *le Mécrit* à mon éditeur j'ai eu l'impression que j'étais arrivé au bout de cette démonstration, qu'elle était close. Et surtout qu'il était désormais clair, *visible,* que j'étais arrivé à produire mon propre enseignement. Un peu comme ce qu'avait dit Artaud : « Je suis peut-être né avec un corps tourmenté, mais un corps dont les obsessions servent. » Quand j'ai donné l'ensemble des textes, j'ai eu l'impression non pas qu'il s'agissait d'un renoncement mais qu'au contraire tout cela devait main-

---

cession du Saint-Sacrement et composé par saint Thomas d'Aquin vers 1263. »

1. Il est évident que les citations comme *mots d'ordre,* on en a ras le seau. Que les mots d'ordre, comme les rats d'eau, sont de la mort en voyage.

2. *Le Mécrit* a été publié quatre mois plus tard, en novembre 1972.

tenant servir à quelque chose. Sinon, bien entendu, la démonstration n'aurait pas eu lieu.

Philippe Sollers : D'autres questions ? Oui, Charles Grivel ?

Charles Grivel : Je voudrais faire remarquer que nous n'avons pas affaire à de l'improvisation de quelque sorte que ce soit puisque ça marche quand on l'interroge, donc il faudrait trouver un autre mot pour désigner le travail qui semble ici « éliminer » ce vocable...

Une voix : En tout cas nous ne sommes plus sur un terrain d'aimables associations...

Denis Roche : Je ne sais pas comment s'appelle ce nouveau terrain, mais le mot « poésie » n'existe plus.

(silence)

Philippe Sollers : Anne-Marie Houbedine ?

A.-M. Houdebine : Je voudrais poser une question à la fois pour tout le monde et au niveau de ma propre angoisse — et, comme vous le disiez, pour que ça *serve.* Simplement j'ai cru entendre quelque chose qui m'a paru assez exemplaire pour le colloque en même temps que c'était assez angoissant pour moi, c'est que, après le geste de Jacques Henric, qui avait introduit ce matin le politique, et puis cet après-midi votre propre geste — comme vous le dites — de « décollement des fantasmes », il faudrait aussi noter, à ce que j'ai cru comprendre, l'existence d'un fantasme du colloque lui-même. En effet, immédiatement après votre intervention au niveau du texte et son inscription dans l'apostrophe « Fermez-la, vous n'avez rien à y voir ! », il y a eu notre demande — et je dis « notre », parce que, parmi d'autres peut-être, je n'ai pas eu le courage de dire que je n'étais pas d'accord — notre demande, donc, d'un geste presque surréaliste alors qu'il me semblait bien que cette idéologie-là avait été dénoncée ici ce matin et très nettement. Alors je voudrais vous demander si au fond cela ne montre pas qu'ici, maintenant, dans ce colloque, malgré votre geste, malgré ce qui s'est passé jusqu'à maintenant, il ne nous est pas possible d'assumer ce qui pourtant devrait pouvoir se jouer. C'est vraiment une question que je pose, je dois dire, depuis... ma place.

Denis Roche : Assumer quoi ?

A.-M. Houdebine : A la fois le politique et le sujet dans le politique... et puis l'écriture... et un « ailleurs » peut-être... et... Je ne sais pas.

Denis Roche : Je ne crois pas qu'il y ait quoi que ce soit à assumer pour moi, en tout cas au niveau du colloque. En dehors de ça [1]...

Philippe Sollers : Une seconde ! Je voudrais dire quelque chose : sans contradiction il n'y a pas d'univers. Ce serait un comble que s'instaure d'un côté ou de l'autre un univers sans contradiction... En tout cas je ne crois pas qu'il s'agisse ici de ce que vous avez appelé un jeu surréaliste. Le genre d'opération auquel s'est livré Denis Roche, c'est sûr, est angoissant pour certains et, pour d'autres indiscutablement « suspendu ». Autrement dit il est clair que quelqu'un qui opère une décharge de cette ampleur et de cette capacité — en la présentant comme décharge — et avec encore une fois tous les risques que cela comporte puisqu'il est évident que depuis le début Denis Roche est dans le plus parfait sérieux, il est clair donc, il est spécial, il est humain, il est logique, il est inévitable que ceci soit suivi d'une pseudo-décharge qui donc a eu lieu. Pseudo-décharge du public qui la présente alors comme surréaliste, au contraire de ce qu'est réellement la vraie décharge de Denis Roche, qui est à proprement parler mathématique. J'ai parlé tout à l'heure d'Edgar Poe à dessein, puisque c'est quelqu'un qu'André Breton n'a jamais pu supporter, c'est l'écrivain le plus a-surréaliste qui soit. Il y a eu dans le calcul spontané et dans la spontanéité calculée de tout ce qui s'est passé de la part de Denis Roche, je le répète, un *sérieux* qui n'est pas celui auquel on est habitué évidemment, mais dont, encore une fois, l'impact est directement politique. Quand il dit « à quoi ça doit

1. Là non plus. Fini !, Fini ! *Materia nulla.* Voir plus loin.

servir », je ne sais pas à quoi il songe, ça m'est égal, mais il est clair que cela vise à un effet de réel (... [1]) et pas du tout à un effet de surréel. Donc je crois qu'on est dans la contradiction productive — du colloque ? je ne sais pas — mais en tout cas de la vérité qui est passée à travers les mailles que nous lui avons laissé... remplir.

(silence)

(à propos des derniers mots que j'ai écrits, diverses personnes posent des questions quant aux perspectives d'écriture qu'elles me prêtent tant et si bien que je suis obligé de préciser :)

Denis Roche : Je n'ai jamais dit ça ! Les derniers mots de mon texte sont : « La ferme ! »

(rires)

(je rembobine et repasse les dernières minutes du texte)

Philippe Sollers : En passant, « Artaud » ça peut s'écrire « Arto ». Il l'écrit lui-même souvent de cette manière. Ça fait quatre lettres, comme pour Miró. Quand Denis Roche dit « Je n'en sais rien », et pour lui poser des questions qui s'attirent ce genre de réponse, il faut que le public n'ait pas remarqué ce genre de petites choses. Ou comme, par exemple, le fait que les coups frappés, *toc toc toc toc*, vont par quatre. Ou alors c'est que personne ne s'intéresse à un certain relief... catastrophique, du fait que quand on la « ferme », ça « ouvre » ! C'est-à-dire que ce qui est fait là, est fait d'une certaine façon. En novembre, ce sera autre chose. Et puis enfin il a beaucoup été question... de mort ! Grivel ?

Charles Grivel : En posant la question de novembre, on évite évidemment...

Philippe Sollers : Evidemment. Et puis il y a tout de même quelque chose de frappant, c'est que Denis Roche a répondu très calmement et très facilement quand on lui a demandé ce qu'il avait fait... sans problème quoi. Et puis quand on lui demande ce qu'il fera, ce qu'il veut

1. Ici un mot — un adjectif ? — inaudible.

faire, ce qu'il a voulu faire, ce qu'il voudrait faire, il répond qu'il n'en sait rien. C'est frappant. « Dans la nouvelle science », écrit Isidore Ducasse dans *les Poésies*, « chaque chose vient à son heure. Je n'ai pas besoin de me préoccuper de ce que je ferai plus tard[1] », etc. Ou bien c'est Artaud qui dit : « Ce qui est, je le vois. Et ce qui n'est pas, je le ferai si je le dois. » Etc., etc., etc.

(ici une très longue question sans objet, parlant de Beckett, de la poésie, de moi-même, etc., et qui n'attire aucune réponse)

P. A. Brandt : Il existe une image de marque d'une grande maison de disques qui représente un chien écoutant devant un haut-parleur. On pourrait dire que la musique est donc la voix du maître. Ce à quoi l'on vient d'assister, ce que l'on vient d'entendre, je le vois comme une étude rigoureuse, hiéroglyphique, de la voix en tant que lieu des contradictions, contradictions dans l'effet (les faits ?) de la voix. Je veux dire que l'effet incantatoire (intonatoire ?) de la voix se récupère comme musique quand elle donne lieu à une organisation tonale, mathématique, qui renvoie à la conscience. D'autrc part il y a l'effet mécanique, machinal, qui renvoie à la mécanicité. Il y a aussi contradiction entre l'effet de la voix, humaine et organique, donc intériorisée et l'effet du métal qui est extériorisé. Il faut dire aussi que la marque que j'évoquais est une sorte de référence à un silence déjà établi comme tel

(ici, Brandt cite Rimbaud)...

Philippe Sollers : Je voudrais dire que quand j'ai écrit au tableau cette phrase de Freud qui dit que « toute société est fondée sur un crime commis en commun », ce n'était pas une citation que j'écrivais au tableau,

1. « Je n'ai pas besoin de m'occuper de ce que je ferai plus tard. Je devais faire ce que je fais. Je n'ai pas besoin de découvrir quelles choses je découvrirai plus tard. Dans la nouvelle science, chaque chose vient à son tour, telle est son excellence. »

mais une vérité. Ce qui est tout à fait différent. Denis Roche vient de manifester cette vérité comme il l'a entendue. Précisons donc : si une certaine pierre tombale est soulevée par quelqu'un — en « sujet » — et qui en plus *le dit*, ça provoque de l'angoisse, du recul, le fait qu'on part à reculons en parlant d'autre chose. Et c'est de *ça* qu'il vaudrait mieux parler.

(ici Sollers évoque notamment la fin du Procès *de Kafka*[1], *plusieurs personnes interviennent pour me demander d'expliquer...)*

Et Philippe Sollers : Vous avez l'air de croire qu'il y a une réponse, vous posez des questions, il me semble que tout ça est éloigné de la pensée de Denis Roche. Je ne sais pas ce qu'il en pense, mais son silence est... je ne crois pas qu'il ait à consentir ou à ne pas consentir... car c'est tout de même justement de liberté qu'il s'agit là ! Attendez, attendez, Denis Roche, oui ?

(silence)

(je rembobine et passe le morceau suivant :)

Denis Roche : « ... J'ENCONNE LA DOGONNE ! ET QUE J'TE SAUTE LA DOGONNE ! GRASSE TOMBE DE CHAUX PESTILENTIELLE ! Y EN A PLUS POUR LONGTEMPS ! V'LÀ QUE ÇA TOMBE, BON DIEU, V'LÀ QUE T'AS LE CON TOUT BLANC À PRÉSENT ! V'LÀ LA FALAISE DU BLANC-BEC, V'LÀ TOUTE LA FARCE ENSANGLANTÉE DE MES MOTS QUI DÉGRINGOLE ! TOUT S'CASSE LA GUEULE ! ET SUR QUI QUE ÇA TOMBE ? SUR MOI ! À MOI, RÂTEAU ! ON EST TOUS MIRO !

plaf ! »

(long silence)

Philippe Sollers : Personne ne veut plus poser de question ? (...) Denis Roche veut-il ajouter quelque chose ? (...) Est-il d'accord pour qu'on lève cette séance ? (...) Alors on lève la séance !

Cerisy-la-Salle, 3 juillet 1972.

1. « Comme un chien ; dit-il, et c'était comme si la honte dût lui survivre. »

4.

Un nouveau personnage vient vers moi, descend la rue et saisit en grand, au moment où il arrive à ma hauteur, sa propre forme obscène. Roulure qui glande lentement à travers l'espace, il ressemble à une grosse chenille vert pomme qui aurait 70 à 80 cm de long, il s'échine pesamment, il se découpe bien sur l'asphalte, mais j'ai également peur qu'il parte en flammes, en sang, en suie, qu'il ne se prenne dans les plis du linge qui tombe de la charrette rouge, qu'il ne veuille à nouveau la peindre de frais, qu'il ne s'escrime à ça comme un con.

Ignorant mon état (« AVEC LE CYNISME DES CHIENS ! »), il gueule : « Relique au chaud ! Relique au chaud ! » en tordant le cou pour voir si on se penche aux fenêtres. Alors que c'est l'heure où rentrent les corbeaux, où s'effondre l'écriture. Ce n'est qu'un pousse-matière qui passe. Et l'heure pour moi de conclure l'alliance avec Uggug[1], l'enfant de la haute merde un soir que celle-ci avait pris trop d'éther et décidé de léguer aux hommes un gros garçon à l'image de sa haine : « Uggug ! Uggug ! » Dont il est dit qu'il porte un nom fait du son des matières fécales qui s'écrasent en tombant, interprétation effectivement donnée par un critique anglo-saxon.

Tout ce qui s'écrira jamais, par où transiteront mon art et mon nom, n'en sera éternellement que le remugle et l'écho.

1. Personnage créé par Lewis Carroll : enfant, « petit merdeux », symbole de l'arbitraire brutal sexuel.

DÉPARTEMENT VILLE d

CIMETIÈRE d

1. — EMPLACEMENT ★

Sur le territoire communal . .
Hors le territoire communal .
Situation par rapport à l'agglomération ....
Le respect des distances imposées par la législation est-il observé ? ....
35 mètres ....
100 mètres ....

Nature du sol :

Résumé de l'avis du géologue lors de la création . .
Ou appréciation du Service technique municipal......

2. — SUPERFICIE

Surface ....
Nombre d'emplacements :
Fosses service ordinaire ...
Concessions 10 ans ......
— 15 ans ......
— 30 ans ......
— 50 ans ......
— 100 ans ......
— perpétuelles . .
Nombre de caveaux, en différenciant le nombre de places ....
Superficie unitaire par tombe:
S. O. ....
10 ans ......
15 ans ......
30 ans ......
50 ans ......
100 ans ......
perpétuelles . .
Durée de rotation. - S. O. . .

3. — AMÉNAGEMENT

Sol. - Défonçage ....
Drainage ....
Distribution des sépultures . .
— des allées ......
Tracés irréguliers .... ★
— réguliers............
Carrés d'inhumation ....
Dimensions ....
Secteurs différenciés suivant la nature des concessions . .

Réglementation.

La hauteur ou le volume des monuments est-il réglementé ? ....
Par gabarit ou par volume-enveloppe ? ....
La végétation :
Plantations, nature ......
Tolérance de plantations .
Clotures. - Murs, hauteur .
Abords. - Chemins d'accès.
Sont-ils différenciés des voies à grande circulation ?
1. - Abris pour les familles...
2. - Parc à voitures ....
3. - Marché aux fleurs .....
4. - Marbriers à proximité du cimetière ....

Existe-t-il un ossuaire ?

Emplacement ....
Superficie ....
Aménagement ....
Détails techniques........

Existe-t-il un colombarium ?

Emplacement ....
Superficie ....
Aménagement ....
Détails techniques........

4. — PERSONNEL

Responsable.

Gardiens ....
Fossoyeurs ....
Jardiniers ....

La forme est au dernier vivant !

— Regardez-moi !

— ...

— Regardez : pendu haut et court, l'excrément condescendant ! Pendu qu'il est, verni de glaires, attirant d'autres dépôts glorieux ! Glaise à tout prendre, vernicire engluant de foireux dessous ! Malfrat torchant d'autres malfrats, appelant du doigt d'autres malfrats, virgulant les murs d'un laborieux kéfir brunâtre...

Chiée, la lutte : nous sommes tous d'ultimes bousiers renâclant devant ce que les marchands du temple nous présentent comme de la confiture de cerises noires, petites pattes, crânes dressés, ton acerbe, virgulant (CHACUN SON TOUR !) à qui mieux mieux les murs fades de la latrine parlementaire : *lutte et rature,* tu parles ! A qui ferions-nous croire ça encore ? A la chenille peut-être ?

Devant l'étron : toute narration ultérieure, accusant cette poussée, face au déboulé de l'homme vert (« Relique au chaud ! Relique au chaud ! »), mène au péristatisme, à l'expulsion (comme on sort le cadavre des maisons) à travers cette étroitesse de la bouche tendue à l'endroit *(es kommt die Welle !)* tout tombe, tout corps, tout mort : Réquichot, par une fenêtre, pour s'écraser 6 étages plus bas ! Et ainsi de suite, de proche en proche : Nous Autres ! !

C'est ainsi qu'on distingue : un menton brisé, un gland déchiqueté par une écharde osseuse, du gras bleuissant et tendu, les coudes qui résistent bien, puis une matière qui s'écoule par où se fait l'ultime lâcher, la dernière fuite de matière première épiée par une vieille tante postée de l'autre côté du canal d'épandage et qui semble s'être échappée du Peuple des Chaisières, ou des Grands Générateurs FliCultus, ou des PireTics des autres chapitres, sans que je m'en sois rendu compte, et sans doute parce qu'elle n'a pu — la tante ! — se décider à les mettre en direction de la haute savane à rats [1], quitte à s'y être fait filer le train. Si cette phrase a bien émis son bruit, c'est alors que quelqu'un à son tour peut émettre un vœu : être enfin volontairement soi-même son propre dépôt s'abattant brutalement sur le sol, une chenille entre les cuisses se ratatine pour la dernière fois, v'là le toqué du trottoir et c'est tout !

— ...
— Quoi ?
— Tu oublies les fuites !
— Quelles fuites ?
— Ben le papier, quoi !
— Quel papier ?
— Tiens, celui-ci par exemple :

Cependant l'humour lui-même ne permet pas de musique

« En pleine campagne, au milieu des demeures qui constituent mes mondes de limites et d'étendues de nu, il s'agit de libérer désormais la substance divine emprisonnée. Mais !, mais p'tit caca nie l'aube et nie, qui plus est, le liseron intestinal. Ça ne sert à rien de cacher presque tout comme ils le font tous aujourd'hui à qui mieux mieux dans les sphériboles de l'arrière-garde, de l'avant-garde, de la garde, du lard d'au-là, aidez-la, à dada, gagas go !

Psycaca, lisons-nous. Et voyez ce que ça donne : des petits canalistes ! »

— ...
— Autre papier :

1. Thomas Mann, à propos de *Totem et Tabou* : « Voilà un fragment de la littérature universelle ! »

La folle familiarité du divin baignant dans la boue

« L'homme primitif dut abandonner à la matière son armure et pleurer doucement en faisant sob, sob. Puis il étendit devant lui la lumière et, en le voyant, le roi des ténèbres s'écria : J'suis plus aussi jeune qu'autrefois, mais j'crois bien que j'suis encore désirable. Puis : Ce que j'ai cherché au loin, je l'ai trouvé auprès de moi. Alors il se donna lui-même comme aliment et la jeune fille qu'il avait tripotée dans le désert le mangea, elle n'en fit que quelques bouchées, l'intelligence fut enlevée à tout ce qui portait une trace de lumière, et celle-ci — ou plutôt son absence — devint, par le fait de ce poison alimentaire, semblable à un homme mordu par un serpent ou percé par une licorne : le trou de balle d'un golfeur. »

— C'est malin, vraiment !
— Allez, encore un :

Le vent fit dans les arbres un bruit sauvage

« Geste de la fin fait avec la main pour indiquer que ça file, nos corps tremblant comme deux rangées de dents claquant l'une sur l'autre. Signé-Huguette remplace Dirty dans les allées du cimetière de Trèves [1], un lion ouvre ses cuisses pour emmerder les mouches qui y étaient au chaud, près de la voie ferrée qui mène à Coblence. A ce moment, l'homme se change en statue de calcaire coquillier, forcément il perçoit lui aussi sa livre de chair, à ce moment je débarque en titubant de la barge et, si ça n'avait pas été ses oreilles et ces choses que je sens, le lion se serait relevé après coup, il aurait fait dégringoler la statue en cavalant trop court

1. Dans *Le Couronnement d'Edouard VII* de Méliès, le rôle d'Edouard VII était tenu par un garçon de lavoir du Kremlin-Bicêtre.

et, d'une bouse trop ajustée, d'un effort puissant mais trop raide, il aurait transformé l'Homère qui passait par là en croix de bois merdeuse. Là encore : relique, rien d'autre. On ferme : imprimez-le, c'est le reliquaire. C'est en la publiant qu'on met l'écriture à l'abri.

Autrement dit, si ça me plaît : quand tu seras morte, je te mettrai à plat ventre sur la table de marbre de la morgue, toute nue, et je te donnerai de grands coups sur les fesses avec les carpes encore vivantes que j'aurais sorties d'une valise. Rien que pour savoir si le bruit est différent.

Bataille : *Je pensai au petit Karl Marx et à la barbe qu'il eut plus tard, à l'âge adulte : il était aujourd'hui sous terre, près de Londres. Marx avait dû courir, lui aussi, dans les rues désertes de Trèves quand il était petit garçon.*

Il n'est guère de personnage important qui ne soit fait, comme diraient les paysans de l'Altaï, d'éléments fort variés, de couleurs célestes et terriennes, de cornes et de queues, de roseaux ou de rivières, de reins de louve ou de pieds de bœuf. »

Low wolfe. Loup bas [1].

— La lope charnelle pâle encore de l'effort fourni, etc.
— ...
— ...
— De toute façon, il y a cri et cri.

Devant tout ça, nous sommes plus dégueulasses les uns que les autres, nous avons des yeux de salles de musée, des mains prêtes à se relever comme des connes ! On marche ! En Chine, les gardiens de prison recueillent

1. « Car la prostitution est naturelle : les chiennes, les vaches, les brebis, les biches, les louves, les poules, etc., se prostituent. » Restif, *Monsieur Nicolas.*

soigneusement les rognures d'ongles des doigts de pied des prisonniers politiques pour les revendre aux amateurs de pharmacopée traditionnelle, et l'argent ainsi « gagné » par les taulards veinards leur est redistribué sous forme de films de propagande à bon marché. Il n'y a pas de petits profits ! Et tout ça pour voir et pour savoir !

Repassons la phrase de Chateaubriand :

(plaf !)

Les gestes rendaient les images sensibles ; tout était appelé par son nom avec le cynisme des chiens, dans une pompe obscène et impie de jurements et de blasphèmes.

(plaf !)

Merci.

« Cynisme » vient de *Cynosarge* — Chien brillant — qui était le nom d'un gymnase d'Athènes auprès duquel Antisthène avait ouvert une école au IIIe siècle avant Jésus-Christ. D'où le nom de « Cyniques » ou « Gens du Chien » qu'on devait donner à ses disciples. Un spécialiste de la question prétend qu'Antisthène niait la possibilité des idées générales ; pour lui, toute connaissance était particulière, non comparable, individuelle, éphémère. Ce principe lui permettait de nier la validité de toute philosophie, de toute science, considérées seulement comme des conventions de facilité.

Etc.

Je suis donc un cynique, « quelqu'un du Chien ». D'accord.

Rien à voir avec la Louve ! Re-d'accord.

Et « basse » avec ça !

Et quoi encore ? !

Autres temps, autres « Procès », et « chiens » toujours

que nous sommes, avec juste assez de honte où nous vautrer, juste assez de honte pour nous survivre. Attendant et priant pour que ce soit l'autre qui s'abatte et jette ses jambes de gauche et de droite de façon désordonnée, bavant d'espoir pour que ce soit l'autre qui pue et fourmille le premier. Derrière moi le Grand Bond en Avant ! Après moi le Déluge ! vice versa ! Etc. !

Faudrait par là-dessus, une fois pour toutes, avoir, chacun au moins une fois dans sa vie, devant soi et bien carré debout, une quarantaine d'adolescentes bien ordonnées en rangées et colorées de vif par le temps qu'il ferait ou le vent qui les frapperait par secousses revigorantes, et dont les cuisses seraient bien écartées, ou les fesses largement séparées pour qu'on voie tous les détails de leurs sexes hypertendus et boudineux du sang affleurant et de la lourdeur des odeurs, les clitoris dilapidant et scandant sous la pulpe des doigts, les petites lèvres replètes, dévoyées vers le bas, gouttières bâches à chalumeau, cordes à nœuds gogos de l'autre bout, attrape-mouches déroulé de maisons abandonnées, filaments finalement dessous de barbus bavures muqueuses léproseries Champmeslé ! Littérature ! Ordure ! RATS EN VRAC ! Et tous ces hymens, tout-venant babil glapissu, de nous péter à la gueule, de se lézarder en musique et de se déconner en lambeaux de peau à notre nez et à notre barbe ; et, de leurs deux mains, chacune de ces porteuses d'hymens caviardé de nous branler et de nous traire, de nous viceloquer et de nous poigneter, de nous déjuter et de nous dégorger le jet, de nous forcer s'il le faut à quatre pattes pour le plaisir et pour l'exemple. Quarante fois, jusqu'à la dernière, en passant sur place le temps qu'il faut. Par exemple ! PAR EXEMPLE !

La lumière est épuisée, il faut maintenant se brancher sur la serre, s'efforcer d'être à la hauteur des ricochets de lumière claire au fur et à mesure que l'ensemble décrit s'avance et que *les* ensembles jointifs s'aiguisent deux par deux en se soudant comme des lapins au printemps :

« La relique en abîme, celle qui pourrait enfin se dévisser l'une de l'autre, se déboîter à l'infini, se mettant l'une sur l'autre à n'en plus finir, inexpugnable d'un côté comme de l'autre de la vitre muséographique. »

— A propos de reliquaire...

— Quoi ?

— On pourrait aussi appeler ça « Raccourci définitif d'une histoire d'amour, à n'emprunter clavec ou cocci des échasses, le langage du sexe au pied », non ?

— Mais c'est quoi ?

— « Si tu avais étalé devant moi ta honte, j'en aurais fait le reposoir de ma gloire. »

— Quoi !

— Hé bien suppose que toi et ton héroïne vous soyez morts, pourris, qu'on vous ait coupés en morceaux, écartelés, disjoints, répandus aux quatre coins d'un pré, mais que vos déjections vivent encore, qu'elles seules fument encore dans la lumière du matin. Face au musée grandiose qui borde l'autre champ et coupe en partie la venue du vent matinal en abritant vos restes de la fraîcheur, les deux derniers de vos étrons se dandinent l'un vers l'autre, se rejoignent comme deux culs de libellules, se caressent par la pointe, roulent l'un sur l'autre, se baisent l'un l'autre par leurs moulures et suent ensemble. Il me semble que chacun de nous est l'un de ces étrons qui cherche l'autre et qui s'accouple à sa noirceur terne ou brillante (suivant ce qui fut mangé), teinte dernière de la crudité sans laquelle le souvenir intégral de la vie passée s'abolit.

— Comme quoi vient toujours ce moment où l'on se recouvre tout entier de son suaire de merde comme un hanneton de son élytre, comme une relique de ses tourbillons de papier doré, de son étiquette d'émail, de sa poussière siliceuse...

— Que c'est beau, dis donc, merde !

— TA GUEULE !

— ...

— ...

Revenons-en au papier. Au papier fait d'un torchon. Un papier de levure et de foie. On s'enveloppe d'un geste souple dedans, par de petites déchirures pénètrent des rayons, la crasse devient bleue d'abord dans l'une des fosses lombaires celle où un coude de l'intestin a plus travaillé que les autres, l'ichneumon fend mon torse de son dard, tout mon corps devient raide, le papier se déroule dans l'air clair : ma peau pourrit. Je ne suis qu'un larcin ancien et je me dessécherai.

Histoire-de-l'Art, après avoir vainement tenté de réveiller son voisin, après avoir crié un peu partout qu'on ne l'y reprendrait plus et regardé son pouce avec douceur, après avoir ôté des peluches de couleur de son veston, a brusquement rentré ses épaules, il a écarté violemment ses jambes pour mieux se camper, un talon contre un papier collé, il a pris son élan sans crier gare, il a filé sans demander son reste, il a deviné l'étendue de son malheur, il s'est dit qu'une pensée de plus le tuerait ou le déshonorerait : Histoire-de-l'Art a fait sonner résolument ses souliers sur le parquet, il a forcé sur l'espagnolette sans penser qu'il trouverait derrière le jardin du roi, il a gratté son torse par désespoir, il a regardé le ciel lavande, il a vu dessous l'ardoise des toits, il a senti l'odeur des carrosseries métallisées, il a brisé une vitre par un de ces soubresauts stupides qui vous prennent au dernier moment comme si ça devait y changer quelque chose, en somme une de ces détentes du corps quand il ne trouve plus son appui, et il s'est jeté par la fenêtre de son atelier de la rue de Courcelles, au 6e étage, dans la nuit du 4 décembre 1961, 2 jours avant le vernissage de son exposition à la Galerie Daniel Cordier.

Maintenant jugez l'odeur : Histoire-de-l'Art sent fort [1] !

1. Réquichot et Dado allaient ensemble ramasser des ossements à l'équarrissage. « Un jour, raconte Dado, on a fait un lot d'os et lorsqu'il s'est agi de faire le partage je commençai à montrer de l'impatience quant à un de ces os, un bassin, je crois, qui était en entier (parce que d'habitude un bassin se fend) — le bassin, j'ai vu que Réquichot voulait l'avoir, mais il me l'a laissé. J'étais très content, j'avais eu peur. »

On ceinture un carré de trottoir. La masse s'abîmera confusément, mais la forme faite autour de l'odeur dans la nuit se saisit des proies qui circulent dans les airs, tire sur de scabreuses attaches qu'elle casse dans la courbe lombaire. Une pluie de papiers choisis bouche peu à peu les narines affaissées d'Histoire-de-l'Art. Reliquaire de la nature et de la matière avec cadre orné d'une moulure d'époque. De toute façon, cuit comme il l'est dans la mort, il prend son faciès de vache et n'en démordra plus.

— On dirait que tu te mouilles un peu plus là : tu as le mépris du projecteur pour le sanglier qu'il éblouit. C'est du suicide !

— ...

— Quand même !

— Sale con hein hyène ! Un filon d'ail peint en bleu, et ça s'embourbe ! Une grande cramme couille bouge, et c'est l'enfer ! Au quart de poil, la Mort !, mais si tu passes à côté, elle, elle te ratera pas, tu ne seras plus qu'un vaste flipper débranché empli de phrases sans suite et où chuinte le cri de Dieu qui a perdu tout ressort. Reste plus alors qu'à attendre cette minute problématique dans laquelle le flipper débranché prendra ton cadavra dans ses bras, écrasé contre sa vitre, clignotant de toutes ses lampes et s'en ira dare-dare se jeter contre de colossales *mesas* ferrugineuses défonçant le ciel.

Mais d'ici là prends garde : les pires gommeux, les PireTics ce sont encore les mots. Au premier de leur couinement non chaleur, sans chaleur, que tu n'aurais pas provoqué, dérobe-toi, passe derrière, les pires tombes ! Ne t'arrête pas devant l'indic !

(Hurlé :)

NE T'ARRÊTE PAS DEVANT L'INDIC !

A travers mon corps résonne le cri du chien, toute matière en chute m'exalte : la terre qui glisse dans les rides, la terre *glisse* dans les rides, aucun loisir extérieur ni intérieur ne peut me faire perdre connaissance, mais il tord mon dos, je me déporte vers la glace, le fond du ventre *cède* sous le gras humus, la bouteille de l'ours *dégorge* des fonds maculeux, la main raffermie par des onguents fait reculer la langue, l'enfonce dans le confluent des bronches, ma passion, bardée de muqueuses encore, cogne de haut en bas sur des barres, une forme vacillante se divise en deux puis en trois, enfin en un homme velu qui tâte mon pouls et, tous les deux, nous télescopons de plein fouet l'habitacle nocturne de l'autre homme : c'est-à-dire Battle. J'ai mon pyjama sous le bras, je fonce avec, sur le front, la cocarde tant enviée Déchet-Continent.

« Alors, qu'est-ce qui ne va pas chez moi ? » Le sapin sautille et, à chaque retombée, il imprime sa marque dans la terre, je salis mes dents, ma montre vole en éclats, à quoi pensent les gens qu'un instant auparavant on voit ramper sous des flots d'assiettes creuses et qui font semblant d'ignorer la vitesse du train ?, le frein sous ma langue chasse vers la glotte un petit carré de faux-filet. Shane lance au galop son cheval bai, enfourche sa monture, pose un pied dans l'étrier, court vers le corral, dévale les marches de la véranda, tourne la tête d'un coup sec, pose sa tasse de thé sur le guéridon de bois tourné, entend mon appel au secours, ajuste calmement ses pensées aux effluves du matin, regarde d'un œil vague l'étiquette du pot de confiture d'érable et, tout en continuant de remonter le temps comme un film qui se déroulerait à l'envers, écoute ce que raconte le marshal Céline Sainte-Pleine : « ... Bien, alors ils envoient le harpon dans la baleine et la baleine continue à nager et se précipite contre l'iceberg et on l'a tuée et ils l'ont halée et amarrée au rivage et ils l'ont salée et mise en barriques jusqu'à ce qu'il n'en reste plus que les os. »

— Et l'iceberg, demande Battle, avarié ? *What ?* Torrent devenu, fleuve à morpions, hérissé d'angles cartonneux, caisses pointues, pattes de charognes, pompes rouillées ? *Was it ?* Qu'est qu'*it* ? *Juyce ?*

— Fondu ! répondit le marshal. Eteintif ! Court-circuitif ! L'image, *anyway*, déplacée vaille que vaille à la poursuite du rien d'objet, sol d'affects mal tendus, estropiés ; signes en pluie flashés dans une chambre d'ombre : stress retour-retour, etc., etc. ?, etc. !...

— Chaisières ! conclut Battle, voilà la Mort ! Saluez son fer-blanc ! Ailleurs ce ne sont que chiens qui passent...

AOUÏLLE !

Sur une grande plaine aplatie, mais perchée genre causse, avec du vert tendre style reboisement et parsemée en plus de fraisiers nains et de micocouliers et d'euphorbes, souffle une très légère brise fémorale 18 ans pas plus et chargée. Condition idéale pour le combat issu des pages de mort (DE MORT !) précédentes et où ma pensée — plus que jamais voyou — n'était que l'observateur des idées propres des autres et des phrases propres qu'ils passent leur temps à émettre depuis quelques années. On aura vu que ces pages, malgré la présence de ce que j'avais écrit autrefois sur la peinture de Réquichot, à la demande d'Alfred Pacquement et pour les Archives du Centre national d'art contemporain, malgré aussi les impressionnantes *tombées* qu'il m'avait fallu observer pour écrire mon texte (les paquets de peinture suspendus au plafond par un fil de nylon, les reliquaires à conglomérats de peinture, le suicide de Réquichot du haut du 6ᵉ étage), n'en furent pas moins l'objet des emportements sacrilèges et cons des autres, de leur truffi-truffa de paroles engagées [1], gagées, hystériques, chichiteuses, censurantes, inopérantes et inactuelles, échappant au vrai débat d'aujourd'hui qui est plus que jamais celui de la liberté (l'accès illimité au bonheur et aux moyens de l'approcher et d'en jouir chacun pour soi) et des entraves que la Mort lui oppose (notamment sous la forme de ces prêchi-prêchas que nous cornent aux oreilles Chaisières et PireTics, Marshal et Moraux-Crapauds, Orthodoxyures de tous calibres et de toutes obédiences, Grands Générateurs Fli-

1. Stendhal : « ... Là, je m'engage comme soldat, et, s'il le faut, je passe en Suisse. »

cultus, *et caetecul*), entraves-Prêches donc, mais aussi entraves-Refrains et entraves-Serinements, entraves-Gloses et entraves-Gadoues glissantes, entraves-Que dalle et que couic et toute l'entrave-Toutime générale de tous les Généraux Acabits jusqu'à la lie.

Oui : il s'agit là comme ailleurs de n'avoir jamais les lèvres pincées [1]. Moi, en tout cas, morceau fiable et gris de cette génération où s'enfonce ma pensée, où j'essaie en même temps de l'y infiltrer aussi loin que possible — comme une sonde gastrique en vue des pires aboiements de mort — et de m'y dérober en surface, de gagner en jouant férocement des coudes et des pieds un terrain plus solide et plus coloré, même si, au travers de cette couleur prodigieusement belle, se devine tout aussi impitoyablement la gueule navrante du Grand Chien Mortel, moi, mais oui : MOI, je me lève dans ce livre pour tout voir, pour être l'acteur autant que l'assistant, pour rire et danser comme jamais, *parce que je peux encore le faire.* Et parce que je ne pense pas que le rugissement des lions, le hurlement des loups, les fureurs de la mer démontée sont des parties de l'éternité trop grandes pour l'œil de l'homme.

Sur cette grande plaine donc aplatie, mais perchée genre causse, a lieu l'un de ces combats rigolos auxquels on se croit toujours tenu d'assister, combat d'un contre un autre, chacun n'ayant rien à voir avec l'autre, et aucun des deux n'ayant la moindre intention quant à l'autre sinon lui démolir le portrait, le manger en le faisant disparaître dans sa bouche et dans ses paroles, ou le sortir simplement du lieu, du périmètre de la rencontre en le faisant basculer cul par-dessus tête dans les fraisiers nains et les euphorbes.

Dans le coin gauche, Ve siècle avant Jésus-Christ, Sun-Tsé, auteur des *Treize Articles.* Il tend ses gants de boxe pour qu'on les lui noue bien, il repasse rapidement dans sa tête son programme de boxe (entraînement en sou-

1. Bataille, à propos de Blake.

plesse, punching-ball, mais pas de *shadow-boxing)* : « Par des *lieux de mort*, j'entends tous ceux où l'on se trouve tellement réduits que, quelque parti que l'on prenne, on est toujours en danger ; j'entends des lieux dans lesquels, si l'on combat, on court évidemment le risque d'être battu, dans lesquels, si l'on reste tranquille, on se voit sur le point de périr de faim, de misère ou de maladie ; des lieux, en un mot, où l'on ne saurait rester et où l'on ne peut survivre que très difficilement ; en combattant avec le courage du désespoir... Si vous êtes dans des lieux de mort, n'hésitez point à combattre, allez droit à l'ennemi, le plus tôt est le meilleur. »

Dans le coin droit, en survête aubergine et la croix Vitafor au cou, se dresse et se balance nonchalamment en poussant de forts gueulements toutes les 30 secondes, une Chaisière amélonde et goïque sexe mâle [1], aux yeux en forme de trèfle à 4 feuilles. Ses références sont inscrites en clair sur les banderoles de ses différents partis déployées en plein vent du côté droit de la plaine : les slogans sont tout simplement remplacés par les noms des associations et comités et groupements qui furent rackettés afin de réunir les sommes nécessaires à l'achat de son survête, de la croix Vitafor et des différents maquillages et fards à yeux qui le font briller dans le soleil : Association pour la Défense des Ratonneurs du Quartier Saint-Ferréol, Conseil des Affaires d'Etat pour l'Armée Domestique, *Front de l'Education Physique* (organe du *Corps d'Armée du Maoïsme de l'Institut d'Education Physique des ouvriers-paysans-soldats de Pékin* [2]), Amicale des Récupérateurs de colle de Dazibaos délavés du Sin-Kiang, *Foudre* (Front d'intervention culturelle), *Corpo des arrière-petits-fils de Boxeurs* — ça c'est normal ! —, Amicale internationale des Demandeurs de l'Asile Politique, Groupement Spécial des CRS du CNRS, Papistes et anti-Papistes Péjoratifs ou non, Organisation pour le Ras-

1. Faudrait-il dire : « chaisier » ?
2. *Tiyu zhanxian.* Les groupements déjà existant sont en italiques.

semblement des PireTics Déviationnistes Amateurs de PareChocs et de TireFesses, CerveauxLavés Réunis, *Gazolines Boys* et *Gouines Rouges* Associés, Croix-de-Feu, Indiens Crows, *Commission sénatoriale pour les Opérations gouvernementales,* Cagoulards du XVIIIe arrondissement Jumelés au Syndicat des Pochardes en Cloque de Santiago, *Os d'Acier,* et enfin Grand Manifeste Internationaliste et CumulardConfus des Héroïques Combattants du 7 février, des Signataires du 30 mars et Corollaires, des Recrus de fatigue du 14 février, des Sentinelles Avancées et Regroupées des 12 août, 26 septembre, 13 octobre, 14 octobre, 17 novembre et 24 décembre au soir... !

Cette chaisière amélonde et goïque, évidemment, elle se sentait plus pisser avec tout ça. D'ailleurs on se le sentirait plus à moins. Bravement elle esquissait dans son coin des pas de marelle en chantonnant une niaiserie de circonstance. Ses yeux en forme de trèfle à 4 feuilles fouillaient les prés environnants et portaient bonheur à tous. Toutes les 30 secondes il gueulait comme on l'a dit, mais ce n'était pas des cris de fureur ni pour se pousser du col, ce n'étaient pas de ces beaux beuglements qui sont assimilables aux cris poussés par les mâles pendant les parades nuptiales. Non, il beuglait son programme de combat tout simplement, il se le beuglait par saccades, toujours le même, et cet effet d'aboi était beau. Voici ce qu'il criait : « Il convient de souligner qu'il est un nombre non négligeable de camarades qui se perdent dans les petites affaires quotidiennes et ne prêtent nullement attention aux points d'importance majeure. Cet état de choses est très dangereux. S'ils ne se corrigent pas, ils glissent inévitablement dans la voie du révisionnisme. » A ce fort braiement répondait, non moins saccadiquement, le chœur des supporters de l'Allée de la Brume sur l'Herbe[1] : « Apprenez à *jouer du piano.* Pour jouer du piano, il faut mouvoir les dix doigts ; on n'y arrive pas avec quelques doigts seulement, en laissant les autres

1. Tsao Lan Tse Hutung, l'une des prisons de Pékin.

immobiles. Cependant si on appuie les dix doigts à la fois, il n'y a pas de mélodie non plus. Pour faire de la bonne musique, il faut que les mouvements des doigts soient rythmés et coordonnés. Un comité du Parti doit bien prendre en main sa tâche centrale et, en même temps, autour de cette tâche centrale, développer le travail dans d'autres champs d'activité. Actuellement nous avons à nous occuper de bien des domaines : nous avons à veiller au travail dans toutes les régions, toutes les unités armées et tous les organismes ; nous ne devons pas réserver notre attention à quelques problèmes seulement, à l'exclusion des autres. Partout où il y a un problème, il faut frapper la touche ; c'est une méthode dans laquelle nous devons acquérir de la maîtrise. Certains jouent bien du piano, d'autres mal, et la différence est grande entre les mélodies qu'ils en tirent. Les camarades des comités du Parti doivent apprendre à bien *jouer du piano* [1]. »

Evidemment tout ça faisait beaucoup de bruit : le grand chant, débloqué d'un seul coup de la poitrine, de Sun-Tsé ; le gueulement scandé et répété de la Chaisière amélonde et goïque sexe mâle, alternant avec le staccato hurlé des répons des supporters un peu partout sur l'Herbe ; les banderoles qui claquaient dans la brise fémorale 18 ans pas plus et chargée, les cris des Petits et des Grands Chefs des diverses Associations et Amicales Regroupées qui avaient aidé à payer le survête, la croix Vitafor et les fards de l'homme aux yeux en forme de trèfle à 4 feuilles ; différents remuements dus à la circulation d'éléments non contrôlés et arrivés en retard. Enfin on aurait dit que les couleurs de cette troupe et la lumière elle-même du soleil faisaient du bruit, tant il était difficile de séparer ce qui appartenait en propre au monde de l'ouïe et ce qui relevait, on ne peut plus simplement, du domaine de la vue et, particulièrement, des bâtonnets de la rétine.

A un signal donné par haut-parleur !, les combat-

1. Mao.

tants — tout en continuant de pousser leurs clameurs respectives — en vinrent aux mains ! Prirent alors leurs pieds : les porteurs de banderoles (et elles s'affaissèrent gracieusement, beaucoup moins vite et avec combien plus d'élégance que les crispés d'en-dessous) !, les répondeurs automatiques de l'Allée de la Brume sur l'Herbe qui, n'ayant plus les deux pieds sur terre, se mirent à faire des cabrioles dans cette fameuse herbe pour voir si elle ressemblait aux autres !, l'arbitre qui gaulait des mord-moi-la-noix juché sur sa chaise et qui, du fait qu'il était tout à coup en équilibre instable, dégringole de haut, lui, sa gaule en main et ce qui était censé lui mordre la noix !, les PireTics et les TordBoyaux et tous les autres TicsPires qui, prenant à la lettre l'expression prendre son pied, se mirent incontinent à faire des mots croisés, des logodédales et des batailles navales et des morpions !, et enfin aussi, puisqu'elles étaient bien sûr là, Signé-Huguette et Poussin l'Ouverture qui, la main dans la main, leur vulve déchaînant leur meilleur orgasme de la saison, s'éloignèrent tranquillement, du même pas, en balançant leur jupe sur le chemin herbu qui va vers le couchant. Après un moment la rafale s'éloigne, les projectiles lancent un hurlement désespéré, se fracassant contre le névé, comme un homme qui se jette en hurlant du haut d'une fenêtre sur l'asphalte d'une rue. Oui, tandis que les uns tombaient en s'emberlificotant, tandis que les autres roulaient leurs dos de cons dans l'herbe, l'air se mit à sentir bon le fourrage, la paille mouillée et la teinture d'iode : on s'agenouille près d'un feu rouge qu'on écarte soigneusement du fleuve de barbe à papa rouge, on se met à fendre un morceau de bois avec sa baïonnette, on essaye de lier le bras d'un blessé PireTic avec un lacet de soulier FliCultu. Un jet de sang jaillit tout à coup d'une artère coupée, inonde le visage du blessé qui secoue la tête et dit « ah la vache ! ».

Shane dit alors à voix basse, de sa voix molâtre et Kino : « Ne t'arrête pas, Sainte-Pleine, vas-y donc. » Et les FliCultus Générateurs, ayant une dernière fois étreint les Chaisières, poussés par les vivas fréné des Moraux-Crapauds, se précipitèrent contre les Générateurs FliCultus assistés de leurs TicsPires — la Chaisière est universelle ! — et finalement on ne sut même plus si les slogans scandés par les Moraux-Crapauds aiguillonnaient les attaquants FliCultus Générateurs menés par Céline Sainte-Pleine ou si, au contraire, ces slogans scandés étaient destinés à démoraliser, par un de ces effets de bravoche fantache dont les FliCultus Impétinents ont le secret, l'adversaire défensif Générateur.

Moi, moi enfin, qui n'en peux plus, sinon soulagé tout de même, foutif en diable, de voir Signé-Huguette et Poussin l'Ouverture découpant leurs ombres cochonnes dans le disque rouge, haletant de voir mes personnages préférés se prendre ainsi les mains dans un geste touchant, je brûlais stoïquement mon brassard de Poète Glapissu Débandé devant ce spectacle insensé de plusieurs dizaines de milliers de personnes brandissant des armes et des couteaux, détruisant des machines et des outils, utilisant des bulldozers *a giorno*, des grues et des autopompes pour mener un siège en règle contre des rebelles révolutionnaires et fomentant. Le courant est très fort, un courant de bave combattante parce qu'il est très difficile de boxer tout en ratiocinant avec un protège-dents en place et que de ce fait la salive n'a pas le temps d'être avalée comme il faudrait.

A peine Shane avait-il dit, de sa voix molasse et trèfle à 2 feuilles « ne t'arrête pas, Sainte-Pleine, vas-y donc » que les Fli Gen, quittant leurs Chaisi et poussés par les Mor Crap, s'étaient élancés donc contre les Gen Fli *et cœteculs, et cœterats*. On voit la terre gicler sous leurs pieds, le premier fortin est pris, le second aussi, le troisième aussi, les Gen Fli en sortent courbés, les mains en l'air. Shane dit à voix basse, gentiment : « allez, encore un effort, Sainte-Pleine ! », et alors les Fli Générateurs se précipitent contre le quatrième fortin et soudain s'arrêtent, se jettent à terre, sous les rafales rageuses qui fauchent l'Herbe rouge, et Shane dit à voix basse : « non, les garçons, non », mais Sainte-Pleine continue à descendre le versant lentement, très lentement, suivi d'une vingtaine d'hommes, et Shane dit à voix basse « non, Sainte-Pleine, bon Dieu non, comme ça ils vont te tuer », mais Sainte-Pleine continue, le monde autour de lui pilonné de gaz de charge et de charpie, suivi d'un chat qui intrigue les sentinelles comme il avait intrigué, à l'arrière, les cantiniers, et soudain un TicPire pire que les autres et le nez rempli de morve rouge sort du quatrième fortin, jette un œil distrait aux deux femmes qui s'étreignent toujours alors que le soleil a le bas qui s'écrase entre deux collines mauves : c'est un officier Chaisière Affirmatif, petit, maigre, avec un fusil-mitrailleur sous le bras. Sainte-Pleine s'arrête, ils sont à une cinquantaine de pas l'un en face de l'autre. Dans cette palpitation de braise rouge et bleu, le bruit des ambulances invisibles s'approche, s'éloigne, reprend et s'amplifie comme le gueulement d'un ocarina lancé de main de maître à travers un champ de campanules et de chicorées et alimenté par la bourrasque si moite si ébouillantée de la couleur si blette et si folique et si malro, quel clo ! Sainte-Pleine en haut, l'officier Chaisi Affirmat un peu plus bas, et l'officier est seul, il a le béret Régul incliné sur l'oreille, et il reste là debout, très pâle, avec son fusil-mitra sous le bras, il attend et Ste-Pleine le regarde fixement. « Non, mon vieux, non, comme ça il te tue », dit Shane à voix plus basse encore. Et Ste-Pleine regarde l'off Chaisi Affir fixement, on voit sa large bouche de femme s'ouvrir *(Uggug !)* dans son visage pâle. Tout à coup l'offici soulève lentement le fusil-mitrailleur, et Ste-Pleine le regarde comme s'il ne savait pas de quoi il s'agissait, comme s'il ne savait pas ce qu'il faut faire en pareille circonstance. L'offi Chaisi Affir lève encore un peu son fus mit et tire, Ste-Pne se remet à monter vers lui en dilatant ses yeux qui sont fort beauxi, il marche donc à sa rencontre en tirant délicatement sur l'extrémité d'un doigt de gant. L'autre con tire et deux hommes cons derrière Ste-Pne tombent le nez dans l'herbe, et Ste-Pne continue son manège ascensionnel en regardant toujours droit devant lui, et alors un autre con TirePic derrière le dos de Ste-Pne lève son fusil, fait feu, l'officier chancelle, mais tire encore, et un autre con derrière tombe le nez dans l'Herbe, et alors l'officier Chaisière Affirmatif plie les genoux, ploie, tire encore salaud, ploie plus et plombe enfin, à son heure, le nez dans l'herbe. Shane dit à voix basse, comme s'il parlait à son enfant, à son chien, au cul de sa femme ou à son cheval : « Oui, c'est bien, brave conarina, vous voilà blets et malro bande de clo !, c'est bien, c'est très bien ! » Alors Ste-Pne, comme s'il avait reçu un coup de poing en pleine figure, tombe à terre avec un cri, et c'est une chose horrible de l'entendre crier comme ça, comme une Bête. Il tombe à genoux dans l'Herbe, comme l'autre con, et on dirait une vache, parce qu'il a une cloche autour du cou qui se balance et sonne d'un son lugubre. Et il a quelque chose de lumineux, de mystérieux dans les yeux, et la cloche se balance et chantonne tristement, quelque chose de mystérieux et de lumineux dans les yeux, nom de Dieu, ce Sainte-Pleine, ce cochon de con d'oricana à deux sous, il a du crâne, nom de Dieu, quelque chose de mystérieux et de lumineux dans les yeux, et les sons lancinants de l'ocanaïr se mêlaient au molasso lugubre de la cloche à son cou, vous voyez bien, mon Capitaine FliCu, que les bêtes sont folles, que les bêtes sont folles, que la musique les rend folles, dingues je vous dis Mon Capitaine De Mes Deux, FolDingues, Mon Capi, Dingo, Dingo, Mon Co !

Si au moins il avait eu le temps, comme moi, de dire : « J'ai été Homère ; bientôt je serai Personne, comme Ulysse ; et puis, je serai comme tout le monde : je serai mort. »

(plaf !)

A l'image de ce combat *(Voici maintenant le règne de l'arrogance et de l'outrance, le temps du bouleversement et l'explosion de la colère. Ayez donc le zèle de la Loi, mes enfants, et donnez vos vie pour l'alliance de nos pères.* Macchabées, II, 49-50), ce fleuve de bave était rouge de stupidi et d'indécrotti. Il moussa de son plaisir sénile et il s'amplifia par sa cupidi et cela devint un innommable coulis giganti de barbe à papa rougeasse mêlé de filaments roses qui recouvrit bientôt ce combat pépère de vieillards cacochymes avant la lettre et désastreux pour le progrès éventuel de l'intelligence et qui sont bien les seuls, dans cette histoire, à n'avoir pas pris, à n'avoir jamais la moindre chance de prendre un jour leur pied.

Le courant rouge, alimenté par la brise fémorale 18 ans pas plus et chargée qui lui soufflait tendrement dessus en avivant sa couleur, et par des batteries de 120 et de 220 installées par Battle, s'amplifiait et dévalait et, par-dessus lui, comme les Erinyes survolant leur victime affolée, s'élevait comme une brume de bulles irisées et ventrues qui parlaient toutes seules et crachaient bientôt lettres et mots, gérondifs et applicatus par petits carrés successifs de mots croisés, de logodédales et de scrabbles, par pieds aussi et par rimes faut bien, et par cadences merdiques, tout en dérobant nos chers combattants à la vue de tous ceux qui étaient venus *pour voir et pour savoir.*

Tout est bientôt foulé, tout est bientôt à l'eau, salauds ! Tout ce qui file est emporté, les slogans Moraux-Crapauds itou à qui, la queue en main, coursé par le Grand Chien Mortel et coursant moi-même Signé-Huguette et Poussin l'Ouverture oubliées là-bas contre l'horizon herbeux comme deux femmes de caoutchouc gonflables et que compisseraient avec entrain les chiens errants de la région, j'adresse solennellement et aussi rapidement que je peux de méchants pieds-de-nez. L'éjaculation survient enfin et me libère de tant de crétins mortels. En un instant, c'est parti : Chaises et Hiers mêlés, Shane la honte au front, les 40 adolescentes qui ont enfin fini de faire craquer leur hymen rose, Sun-Tsé le bonze abouti et l'autre aboli. Nom de Dieu, tout est dit ! Acabits ! Et tout est dit : N — I, NI, C'EST FINI ! FINI ! FINI !

(plaf !)

(*il n'y a pas de musique,* il n'y a que des voyous fous, fossoyeurs et voyeurs)

Blake se dressa dans son terrible orgueil ;
Le vieux Nobodaddy[1] *là-haut avait en effet*
Pété, roté et toussé ; puis
Il avait juré si fort que la terre avait tremblé,
Et il avait appelé l'Anglais Blake à grands cris.
Blake était en train de se soulager
A Lambeth sous les peupliers.
Et il tourna sur lui-même trois fois trois tours[2].
Alors il se leva de là où il était
A cette vue la lune rougit d'un rouge écarlate,
Les étoiles jetèrent leurs coupes et s'enfuirent,
Et tous les démons qui étaient en enfer
Répondirent en poussant un nonuple gueulement[3].

Ou da do di de mort

Suonatemi !

OUI ! FAIS-MOI DE LA MUSIQUE ET PEINS-MOI, COMME À CATANE, SORTIS DES RAFALES DE LA NUIT !

DIEUX, HÉROS, PHILOSOPHES, DÉMONS, MONDES DE RATS : OUI ! EN MUSIQUE ! ET REPEINTS !

Boca negra ! : au nom des rats ! : *Dilata os tuum et implebo illud* (Psaume LXXX, II), « Elargis ta bouche et je la remplirai ! » Ainsi mourras-tu, aussi ignoré que ta propre merde, aussi dérisoirement soumis à l'intempérie et à l'anonymat. Fuyant, emportée par le courant du

1. Littéralement : Papapersonne. C'est ainsi que Blake désignait Dieu.
2. Cf. page 222.
3. Extrait de « When Klopstock England defied », 1973. Blake, *Complete Writings,* édition Geoffrey Keynes, page 186.

caniveau, pointe effilée en tête, ta merde n'en mènera pas plus large que toi le jour où tu auras sur la tempe l'odeur du dernier parfum. Celui qui fait venir le chien qui crie et le fait se tordre de rire par terre ! *Favretto, où es-tu ? Tu savais que tu devais mourir et tu t'es laissé infliger ce beau moment,* etc. (voir plus loin).

Catane ! Vincenzo Bellini ! *Béatrice de Tende ?* La tombe au *Duomo* ? Et quoi encore ?

Ah ! la morte a cui m'appresso
(...)
qual chi fugge asua catena
lascio in terra il mio dolor.

Ou pour ne pas parler de Palerme ? Là encore : pied-de-nez de mort à un autre mort : Roussel refait, tous refaits (voir plus loin) !

Tout ça : Catane !, sorties et rafales de la nuit !
Dès que j'en démords, l'obsession, elle, en rajoute : Histoire-de-l'Art émerge du tas d'os et de chairs broyés (*Dilata os tuum,* etc.), les muscles éclatés retrouvent une couleur rose, les os des jambes qui étaient entrés dans le bassin et l'avaient percé jusqu'au diaphragme en faisant éclater celui-ci ressortent, les plaies laissent échapper un fort vent qui éloigne les mouches et les papiers se glissent dans les poches, tout le monde part à reculons, la toile du store rebondit (une claque !), le cri rentre dans la bouche de la femme dont la poitrine se gonfle, c'est le moment où elle pense qu'elle a besoin d'aller aux cabinets et fait machine arrière dans l'épicerie, tandis qu'Histoire-de-l'Art fait sa propre machine arrière, pieds devant, vêtements flottant, on dirait le couloir de mon rêve qui venait vers moi comme une claque !, la claque assenée à plat pour écarter les fesses en les faisant rougir, les bruits dans le couloir quand elle crie et moi je saute à pieds joints sur des tubes, et lui là-haut qui n'en finit pas de retomber à l'envers ! : 6 étages de foie, Battle !

6 étages d'immondices ! Du muscle de la langue luttant pour sortir, *pour voir et pour savoir* et crever la joue au ventre tendu par le poids des matières. Comment ne pas penser : « Le poids de la baleine écrase l'iceberg » au moment où il rejoint le balcon, saute dans la pièce, referme la fenêtre, retourne chez son voisin, sent les paroles de l'angoisse lui rentrer de force entre les mâchoires ? Et lui il aspire l'air vicié de ses poumons, les glaires bleues de ses cellules à poussière.

Catane ! Les dépôts glorieux des nuits excrémentielles ! Les joues arrachées, balancées par centaines dans les vide-ordures ! Les patients qui croassent quand ils se rencontrent dans les couloirs ou les allées, dans la clinique ou dans le parc ! Catane ! Un Meudon de merde sur la hauteur ! (Réquichot !) Un Puteaux de merde sur la colline ! (Bellini !) ET QUOI ENCORE ?

Borgès : « Comme Corneille Agrippa, je suis dieu, je suis héros, je suis philosophe, je suis démon et je suis monde, ce qui est une façon fatigante de dire que je ne suis pas. »

Faites donc « Gug ! Gug ! », le cri du chien cynique qui se vautre dans la poussière en émettant des notes harmoniques, vous n'êtes que le double de l'enfant merdeux qu'enfantent sempiternellement les morts, de l'enfant goinfre, du pitre congestionné de Shane, de Sainte-Pleine ou de Battle ! L'immeuble illuminé et cartonneux de la Face-Sanctionnée passe en hurlant d'aise et fauche tout par son tranchant sud dans le bleu et le froid de la journée !

Homme vert, homme déjà mangé ou brûlé, toujours tu chériras ta propre forme obscène, tu sentiras te branler indéfiniment le cul une répulsion épouvantable de l'innommé et l'éternelle putréfaction des chaises de chair te remontera le tronc jusqu'au cœur en y procédant à des explosions d'acier froid ! Comme un seul homme ! COMME UN SEUL HOMME ! C'EST CATANE, JE TE DIS ! CATANE TOUT ENTIÈRE QUI DÉGUEULE ET CRIE : « RELIQUE AU CHAUD ! RELIQUE AU CHAUD ! »

5.

Au XVIe *siècle, à Marseille, la confrérie des* Pénitents du Benoît Saint-Esprit *avait construit une chapelle dans le cimetière des Accoules. Les pénitents avaient pour habitude, le jour de la Pentecôte, de lâcher pendant la grand-messe une colombe enflammée. En 1773, la colombe atterrit sur l'autel et y mit le feu : la coutume fut supprimée.*

« *Tunnel spiral* »

(bruits venant de face :)

Stockhausen, marchant très vite pour passer d'une pièce dans l'autre, me lance, sans savoir que j'hésite à le suivre (*Favretto, où étais-tu,* etc.) : « tu parleras, mais comme si c'était chanté, selon la ligne des hauteurs approximatives qui figurent dans *Ruseral*[1]. J'insiste : *avec une voix chantée !* Commence relativement haut, en reliant les syllabes, et en continuant de parler quand tu inspireras ».

O dinky, junky, rocky, holly roses !...

(moi, tout bas, en me levant pour parler dans le micro :)

1. *Ruseral,* de Stockhausen : musique à notation spiralée.

Mezzo piano = accentué. A dire dans un temps lent à 3 temps. Tempo légèrement variable = la durée de 3 temps. Souple introduction de couleurs, comme d'un doigt dans l'huile vaginale, d'un discours arythmique qui défile, dans la visionneuse, comme un tremble dans le soleil. De mon pur vêtement vocal cylindrique roulant des hanches et se faufilant d'un orme à un charme, d'une haie récemment détruite à un buisson de genévrier à baies violettes : foulage, aveuglement, calfat, épuisement, violente farce des sons !

(*chahut qui commence au moment où ma phrase,* etc.)
(*panoramique lent, serrant davantage)*
(*scène : animation, contraste, couleur et son :)*

Transcription de voix (Edda Vincenzi, Catherine Blake, Signé-Huguette, Norma Lerer, Mercedes Precerutti, Julia Schucht, Teri Damisch) sur ma machine Hermès verte 3000, selon un code primitif. Irruption, tandis que la retape se fait sur carbone Interplastic, de la *spiral color* qu'on peut imaginer par exemple dans le jeu chanté des enfants : « A ring a ring of roses », et ainsi de suite !

Plongeant au sortir de mon texte et regroupé au sein du V étincelant, je franchis le carré de ciel clair au-dessus de nos têtes ? Pas de vent ? On entendait la mer très loin, et des gouttes de pluie chaude me tombaient dessus. Plus précisément : jusqu'aux mots « coulis éventuel rougeasse », je reprends un texte écrit il y a un peu plus d'un an (février 74 repéré à peu près ?). Ainsi il est dit de mon esprit qu'il est « encore gonflé comme une épinoche sortant à reculons de son nid de boue, ressortissant cordonneux, lippu et gluant, narine anale écorchée par un fouettage alternatif de glands, de pouces et de langues. Glands, pouces et langues accoudés à la balustrade termitée à mort de la véranda [1] en ma compa-

1. Autres vérandas, autres « wharfs », récitatifs philologiques

gnie, mais oui ce moi-oui, ce moi-l'Ecrivain : je remâche ma précédente goinfrée sexuelle, un nuage de sauterelles bandant toutes à mort et que Signé-Huguette évoque encore en s'appuyant aux fenêtres et en faisant des gestes comme si quelque chose frottait doucement contre ses hanches. C'était prévu : nouvelle demande gazeuse, altercations chargeant, et elle glissant dans mon oreille de la *branler un peu debout avec l'index et le majeur.* Je l'enconne donc des 2 doigts d'une main dans son bourbier pendant que du pouce de l'autre je flatte son anus pour le moment raide en appuyant dessus pour l'amener plus tard à béer doucement et au bon moment, et je mâche le lobe de son oreille pour la faire trembler des pieds à la tête avant son premier orgasme. Puis, accoudé à la balustrade sur laquelle je viens de renverser Signé-Huguette pour l'enculer décisivement à fond, balustrade sur laquelle elle avait frotté ses seins de quadragénaire excitée, le jeu de piston de ma verge insinuée entre ses fesses trempées manqua de peu de la faire s'écraser en contrebas : toute nue et désenbitée d'un seul coup et pâle encore de l'effort fourni, etc., etc. »

Martelage du stencil. Mise en place des tambours rotatifs ultra-carbonés. Empoignage de la manivelle. Panoramique lent, ensuite, pendant que s'opère le séchage des stencils devenus talus pour fronts sonores de pensée. Congestionnement brutal alors *(hurlé :)* ACTION ! *(démarrage d'un premier chœur d'hommes bellinien)* ACTION ENCORE ! ACTION BON SANG DE MERDE ENCORE ! ALLEZ !

A grands frais de temps, de colère et d'ennui.

Alors, cette nuit-là, sous la lumière fadasse d'un lampadaire, la louve s'était faufilée, en se faisant la mine d'un étron rétrograde, dans le cul d'un agent de la force publique. Elle lui avait joué des épaules de bas en haut

---

(cf. *Celles qui m'auront coudoyé sur le wharf,* in *Récits complets,* page 89).

à travers le corps, en lui refoulant la merde jusque dans l'arrière-gorge et en venant lui chatouiller les cordes vocales avec les poils de son museau. Le Kogne, cet enfant enfoiré de FliCultus et de Moraux-Crapauds croisés, éternua beaucoup mais ne fit cependant aucun dommage dans le quartier malgré ce nouvel En-soi qu'il sentait barboter dans sa lymphe et lui révulser l'ensemble de la chair. C'était un homme pusillanime et il avait choisi la nuit pour sa démarche et sa remarche, histoire de faire prendre l'air à son âme qui était faite de gaz. Hé oui ! Alors, il en explosa, le Kon !, comme un Krapaud à qui on fait fumer le cigare !...

A force, vous aurez reconnu les vents, les vers grouillants et rampants si caractéristiques de certain écho cartilagineux mortel, ô mes amis, voyez comme cette obsession s'élargit malgré qu'elle marque à chaque occasion le pas, devenant boiteuse même, acceptant ce dernier jeu infâme pour saboter le mécanisme lourd et efflanqué, bourbeux mais ô combien limpide, ô combien gras, ô combien dansant et aérien : une venue de mort, une intronisation ruineuse des phrases ampoulées et du discours catafalquesque. Quoi ? ! *Was it ?* Qu'est-ce qu'*it* ? Et pour la dernière fois : « Juyce ? » Hurlez, camarades ! Hurlez !, moi je m'en approche comme si de rien n'était, Mécrits !, Mécrits !, et je suis déjà dans la pièce agréable. Il y a désormais querelle, mais non ! NON ! Il n'y a que le raide gueulement de la Mort, et son couinement pour finir !,

OXYGÉNÉE !

Et cessons, *nous,* d'être toujours en-dessous du score, de ne jamais en faire assez, de fredonner quand il faut gueuler, d'avoir des pudeurs de souris quand il faut exhiber une lèpre de rat ! Il faut faire et écrire mal *trop,* il faut en remettre à en être *gras* de rouille et de ravage ! ESSAYEZ ! TENTEZ LE CADAVRA ET FAITES QUE ÇA GAZE ! DÉGAGEZ ! Soyons comme ce berger de Thessalie qui s'était endormi à l'heure de la sieste sur la tombe d'Orphée et dont le corps mou de sommeil avait été si bien investi par la puissance infernale et mélodieuse du dieu mort que la bouche du berger s'était ouverte malgré lui et s'était mise à chanter comme autrefois la bouche d'Orphée elle-même. Vous connaissez la suite : en entendant cette musique admirable, les travailleurs qui étaient aux champs s'interrompirent et accoururent en foule autour du tombeau. Il s'ensuivit une telle bousculade que les colonnes du monument se brisèrent et défoncèrent le cercueil d'Orphée en tombant dessus de tout leur poids. Ainsi furent répandues à jamais les cendres si pieusement recueillies du héros que tous considéraient comme un dieu. Et la nuit suivante, alors que tout le monde dormait, la petite rivière qui baignait la cité, la Sys (ce qui veut dire *Porc* en grec) déborda soudain et submergea le pays, détruisant les principaux monuments du lieu.

COULIS ÉVENTUEL ROUGEASSE !

(à nouveau, musiques, comme Mondrian quand il allait au dancing[1] *:)*

Jus par saccades circulaires, dans un grand bruit de moutons qui s'envolent. Ah !, chairs ! Retombées spiralées moelleuses comme sur un plateau de métal !...

Coït de boiteux nus debout sur un talus entre deux champs, plantés tous les deux dans leur chaussure compensée noire, l'un pilonnant l'autre en le tenant par le gras des fesses, l'autre l'engloutissant et l'humectant bras ballants sous lui, fêtards retardés par leur lente progression à travers les nuages de corbeaux. Pauvres hommes soufflant des bruits à sec de gorge, émettant une sorte de clameur crachée diffuse, ventilation d'algorithmes divers, rosacifiant de crachats nouveaux les mottes de terre de l'hiver, et lançant avec ça, à travers le bleu du ciel, tout un tas de vocabulaires pelucheux et des tourbillons de

1. Ou quand, pour des amis, il se livrait à une exhibition de danse devant son gramophone peint en rouge.

diphtongues gélatineuses, batailles instrumentales irisées, gargarii !!!

ALLEZ ENCORE !, oui, la langue en extension !, des rafales de sueurs de périnée !, « une enthousiaste furie de joie », comme disait Villiers !

ET ENCORE !, je ne voudrais pas être le dernier à monter sur cette tombe de Thessalie, cette éventrable motte de cendres mélodieuses prête à tout et dont nous ne cesserons jamais d'être les victimes heureuses aux jambes écartées, et tout ça parce que la musique, *etc. Favretto, où étais-tu,* et ainsi de suite. Ou — ce qui revient au même — quand la femme que vous aimez vous dit en riant, comme cela m'est arrivé : « Il y en a des douches qui m'ont vue passer ! » Oui !, je ne voudrais pas être le dernier à monter sur cette tombe, comme dans ce jeu lancé par les étudiants américains et qui consiste à faire entrer le plus de personnes possible dans une cabine téléphonique ou une voiture, etc., à m'agripper désespérément au dos des autres comme sur un marchepied de tramway, en extension arrière, prêt à faire, au grand dam de mes os, connaissance avec la matière *(criant :)* ORPHÉE ! C'EST VRAI QUE LES ARBRES SE PENCHAIENT VERS TOI QUAND TU CHANTAIS ?

(silence)

On en revient toujours là :

Tunnel spiral, tournoiement libre des sons n'importe où mais dans une volonté fortement ordonnée. Volatilisation de l'espace contraint. Idem ici !, dans des haut-parleurs qui nous entoureraient immédiatement, nous mobilisant et nous balançant en russe : « Je m'affranchis dès aujourd'hui et pour toujours de l'immobilité humaine, je suis en mouvement ininterrompu, je m'approche des objets, je m'éloigne d'eux, je me faufile sous eux, je me juche sur eux, j'avance à côté du museau d'un cheval au galop, je m'enfonce au milieu d'une foule, je cours devant les soldats qui chargent, je me renverse sur le dos, je m'envole avec les avions, je tombe et je remonte avec des corps qui tombent et qui remontent. » (Dziga Vertov, de *dziga,* dérivé d'un mot ukrainien qui veut dire « toupie » et signifie allusivement « roue qui tourne sans cesse, mouvement perpétuel » ; et de *vertov,* du verbe russe *vertet* qui veut dire « tournoyer, pivoter ».)

(silence)

En homme assailli par une grosse anguille de sang qui n'en finit pas de me crapaud après *(défaut de son cuisant !),* de se proposer à tous comme une anamorphose de l'Histoire accompagnée par une sono chargée comaque — une anamorphose de l'Histoire ! ? — peste émotionnelle reichienne visitant les chanteuses, je jette un dernier coup d'œil à la *Ferme* ! et à sa fermière, et en même temps je pose très rapidement mon pied nu sur la crasseuse, sur *cette* crasseuse-*là* qui est comme un cannelloni dans une flaque de moutarde, crasseuse-oie, ma loi de l'œil, mon ange-sphère mauvais, oie septique devenu outarde à jamais sortie du lit de la rivière, oie-cobra elle aussi de l'autre côté du canal, en un long ruban de phlegmons croûteux défilant la bouche en cul de poule avec le sommet des arbres qui se penche en arrière et palpite du nez, oie d'ammoniac roulant en boule au passage des oiseaux plongeons sortis de mon texte *Artaud refait, tous refaits* !, regroupés en V étincelant et franchissant le carré de ciel clair au-dessus de leurs têtes. Mais non, à mesure que l'épais rideau de scène obture le carré peint en bleu ciel, à mesure qu'on applaudit les personnages de l'histoire et que le pompier de service s'empresse de nettoyer la flaque de moutarde striée de sauce rouge et qu'on range le disque le plus usé qui soit (*Favretto,* ...), j'écris sans penser à mal : « Non, il n'y a pas de vent, on entend simplement la mer au loin, ce qui n'est jamais favorable à l'écriture d'un roman où les personnages comme le temps qu'il fait ne sont là que comme *états* de fait, *signifiants* baladeurs, *jets* de mots... Ha ! Ha ! Ha !... (*hurlé :* HA ! HA !

HAHA ! HA !...), oui une mer qui fait un bruit monocorde et qui nous crispe tous les deux — déchirements, bruit d'un papier épais qu'on froisse avec difficulté — et là-dessus il tombe des gouttes de pluie chaude.

Tout cela intercalé (par 3 ou 4 déboîtements successifs) entre deux *coulis-éventuel-rougeasse* dont l'un seulement appartenait au premier brouillon, l'autre servant, dans le texte définitif, de butoir en lettres majuscules. Du coup, le tapant encore ici, s'enchaîne comme dans les pages précédentes cet

(à nouveau, musiques, comme Mondrian quand il allait au dancing[1] *:)*

(ni d'elle ou de lui quand ils se jouissaient ensemble dedans sans moi, ni d'un jour devoir rentrer *in the other stinking shit*, noyaux hirsutes de dispersion, tourniquets à pelouse remplis de l'urine conjugale du malheur, sans même d'oie dont je puisse rigoler sombrement, ha louve à la con !, je me sens un endroit de coton, avec autour de moi des bouses de coton, un sang d'encre remplissant mon coton tout entier, mon coton invaginé par le trou poilant des femmes et faisant depuis cet endroit des volutes à l'intérieur de moi, des anacoluthes, des ancolies encore bleues malgré un obscur intérieur catafalquesque, se répandant en arbres généalogiques capillaires propres jusqu'à la pulpe du bout de mes doigts et s'y amoncelant tant et plus au point que ça me picote dans toutes les extrémités) *(hurlé :)* COUPEZ !

Stockhausen, comme s'il ne s'était rien passé depuis qu'il a fait son apparition après l'intertitre du début du chapitre 5, alors qu'il était en train de sortir d'une pièce pour aller dans l'autre, alors qu'il vient de me donner des instructions (« tu parleras, comme si c'était chanté »,

1. Ou quand, pour des amis, il se livrait à une exhibition de danse devant son gramophone peint en rouge. « Encore ? — Oui !... »

etc.), sans savoir que j'hésite à le suivre, sans se douter un seul instant que tout ce passage (primitivement intitulé *Apprenons à chanter camarades, le papier va manquer !* et dédié : *A Bernard Dufour*) sera considérablement modifié et augmenté de manière à se fondre en gardant son agressivité, son côté *big or close stand,* dans l'ensemble... dans... disons : dans l'ensemble *instrumental* !, Stockhausen donc poursuit, l'animal !, s'agit-il encore de *Ruseral* : « ... avec la sensation d'un grand oiseau qui vole lentement, un temps pour chaque coup d'aile, tu comprends, essaye à ça la voix mélodieuse que le dieu de la Poésie t'a donnée et dont tu as fait si mauvais usage, Ha Ha !... » L'ensemble ayant été conçu en observant de grands oiseaux marins qui planaient et tournaient près des hautes falaises, sur les tourbillons ascendants d'air chaud qui montaient de la mer. Le *diff daff*, et l'alternance continue des hauteurs entre l'aigu et le grave représentant les battements des grandes ailes.

Problème : oie-colombe, outarde ou grand oiseau simplement, de quel bois — imaginons la bête auréolée de flammes immenses et dispersant sur Paris des nappes de musique avant d'aller s'abattre sur la pelouse de la Malmaison ou le toit plein d'eau de la mairie communiste de Puteaux ! ?

« *Sprechstimme* »

Proscenium : matérialisations et dénaturations alternées du jet lingual et saupoudrages de couleurs depuis la bouche, en l'arrondissant bien, la caméra terminant le tout tandis qu'apparaîtrait sur le niveau supérieur de ce cimetière [1], qui joue ici le rôle d'amphithéâtre, une

1. « Exemple remarquable et peut-être unique d'une composition systématique par écrans végétaux de hauteur importante, le cimetière de Forcalquier, inséré dans un site pittoresque des

femme prête à chanter, le menton en avant et le diaphragme soulevé épaules en haut, la bonde muqueuse buccale s'emplissant déjà de sang. Oyez !, que ça ne désemplisse jamais !, les rats Musique festoient !, taupinez-moi ce palais Musique !, douchez !, gonflez à nouveau l'enfant Musique, re-douchez !, suivez l'oie à son panache de fumée, l'oie qui flambe, devenue outarde, à jamais sortie du lit de la rivière, les oiseaux escorteurs dits plongeons sortis tout droit d'*Artaud refait, tous refaits* ! regroupés en un V étincelant et franchissant le bleu du ciel clair au-dessus de nos têtes et s'éloignant vers le petit bois après la scène des deux boiteux homosexuels. Mais il n'y a pas de vent (question de trajectoire d'oie), il n'y a que la mer qu'on entend au loin et seulement parce que depuis peu j'ai décidé d'associer ce bruit, dans *Louve basse*, à la bassesse de certaines irruptions crapauds échos dues à divers salauds. Et par-delà ce bruit maritime lointain, on perçoit le ploc continu de pluie chaude poissonneuse qui tombe sur les toits, *shadows* d'eau chutant librement bouche ouverte et la voix étranglée. COUPEZ !

(hurlé :)

COUPEZ, MIKE ! J'AI DIT DE COUPER VOYEZ PAS NOM DE DIEU QU'IL PLEUT !

Le vent se lève, on dirait que les gouttes de pluie sont moins grosses et plus froides, est-ce que tout ça a un sens ? De toute façon il faut interrompre l'émission.

Une odeur de poussière mouillée monte des tombes et des espaces entre elles. Je me livre, en compagnie de la femme prête à chanter, à différents préparatifs, déplacements de caisses et câbles qu'on pousse du pied en toute hâte, derrière un grand édifice funéraire qui sert, je crois m'en souvenir, de caveau à plusieurs générations d'administrateurs civils. Enfin, la place qui est à l'abri de

---

Basses-Alpes, présente un décor qui, alliant l'austérité à la grâce et à l'imprévu, contribue à créer une ambiance d'une grande dignité. » R. Auzelle.

la pluie sous le plus grand des cyprès du niveau supérieur étant bien nette, elle s'appuie du bras droit contre le tronc de l'arbre et ferme les yeux comme si elle s'apprêtait à compter 100. Alors je la trousse par-derrière, je relève son épaisse robe longue de comédienne et j'en fais tenir la plus grande partie sur le haut de son dos en la roulant pour qu'elle ne retombe pas. Le ciel obscurci rend la peau de ses fesses encore plus blanche et son anus, dans lequel j'enfonce violemment deux doigts jusqu'au fond, encore plus noir. J'introduis mon sexe dans son vagin à peine moins mouillé que la terre alentour, en me baissant un peu, à la fois pour être à la hauteur et parce que je me dis que comme ça on risque moins de voir dépasser ma tête au-dessus de l'édifice funéraire. Ma tête tourne et j'ai mal dans les doigts et je pense qu'il est bien malcommode de tenir en même temps ses fesses à elle écartées. Elle ne dit strictement rien, et moi j'évoque silencieusement, en ricanant, l'histoire d'Orphée, sans pouvoir m'empêcher de déchiffrer, jusqu'au bout, une longue inscription qui se trouve sur un obélisque de belle pierre blanche, à quelques mètres de l'endroit où nous nous tenons. En fait cet obélisque, si vous vous reportiez un jour au plan du cimetière, est presque adossé au mur du fond, c'est-à-dire tout en bas de la pente qui donne au cimetière de Forcalquier cette figure si particulière, et presque à l'aplomb de la grande borie affaissée qui couronne la colline d'en face et qui était à vendre lorsque nous y étions, dans la première semaine du mois de septembre 1974. Bouche ouverte, mais sans émettre le moindre son, sans même avoir échangé un mot, une phrase de connivence, avant de nous y mettre, haletant à l'idée d'être surpris et sans doute aussi, plus prosaïquement, à cause de la chute brutale de pression barométrique qui correspondait au début de l'orage, nous nous employons à profiter au mieux du coït, barbotant dans le remugle de mort comme si de rien n'était.

Les tourbillons d'air chaud montent dès que la pluie semble cesser et je me sens rattrapé par le vol ambiant des plongeons, *rattrapé en beauté,* et je reçois sur le visage des bouffées de son. Enfin l'émisison se fait et je me rejette brutalement en arrière contre les seins de l'autre qui me prend sous les aisselles pour me soutenir et qui me demande avec gentillesse s'il faut qu'elle m'essuie avec son mouchoir ou si elle doit le prêter plutôt à la chanteuse. Je sors mon carnet et, tandis que les deux femmes s'entraident, je relève scrupuleusement l'inscription qui est sur l'obélisque :

Reposent

Bouche *Victor, 24 ans*
Excellent fils, bon frère, géné-
reux ami, esprit libéral.

Bouche *L.F.F., 75 ans*
Tendre époux, affectueux père
austère et loyal

Bouche *H.T. née Jacques, 82 ans*
vertueuse épouse, sensible mère
compatissante aux infortunes d'autrui

Pendant leur existence ils endurèrent bien
d'adversités et d'injustices et de fâcheuses
tribulations. Puis leur vie s'exhala sereine
vers l'immensité sublime et mystérieuse.
Aujourd'hui leurs débris inertes sous cette
terre subissent fatalement les transformations
que les révolutions du temps leur imposeront
dans les siècles infinis.
La raison et les traditions de famille les
vouèrent au libéralisme pur qui fut leur culte.
Exempts de servilité ils ne s'inclinèrent
devant aucune domination avide ou envahissante
Ils eurent à subir l'odieuse arrogance des
réactions durant leurs succès éphémères
Ils les dédaignèrent.

Ils demeurèrent fidèles à la démocratie sans cesse grandissante dans la juste revendication de ses droits.

Bouche *Eugène, âgé de 80 ans*
mort le 13 juin 1895 avec le regret
de n'avoir pu jouir longtemps
des institutions républicaines
glorification de la France et
bonheur à venir
des peuples civilisés[1].

(silence général très long, malgré quelques bruits indistincts qui semblent venir de partout dans le paysage)

(très léger grincement des rails qui servent au travelling)

Tout en recourant aux artifices habituels de mon roman (la musique, l'obscurcissement de la voix, les goulots d'étranglement entretenus désespérément par ceux qui m'entourent et qui se sont emparés solennellement des chaises de la salle *(plaf !)*, les mâchages et les crépitements machiniques qui sont mon lieu quotidien d'abjection et de soulagement *(plaf !)*, les « plafs » eux-mêmes des bandes de son, les vols d'oiseaux drôles d'oiseaux qui plongent à la recherche des vers de terre et qui ne cassent rien — et pourtant *servent* ; une certaine métamorphose possible des contradictions politiques qui nous agitent ces temps-ci ; l'appel démesuré au régal ; le *no prestamos servicio a los viciosos*[2] ; le « réduit bunker buccal » d'un chapitre ultérieur ; différents problèmes de démarquage quant au texte de ceux qui m'ont précédé, et le pourrissement, strictement *adéquat*, de leur travail ; le désir enfin, non artificiel, mais forçant le fracas et, à

1. Cf. l'*Aiguille de vers sur sa mort*, in *Théorie d'ensemble*, page 221.
2. Le pharmacien au drogué, quelque part au Mexique.

intervalles réguliers, l'ensemble de mon organisme, et qui me pousse, moi qui ai toujours eu horreur de ça, à *danser,* à danser jusqu'à épuisement [1] en suivant sur le sol et le roc, sur l'herbe, le sable et le béton, l'arabesque effroyable et coupante de l'écriture), tout en inventoriant les procédés qui me permettraient de garder mon avance *sonore* et de la faire avancer encore en lui faisant franchir avec moi le terrain dénudé qui va être submergé par les papiers gras qui volent vers nous, nous dépassant et roulant vers le bas de la décharge publique, crapauds d'Histoire à bout voulant donner le change et cependant venant cul par-dessus tête crépiter contre mes jambes, observant sans se priver la montée du vomi à force d'oser permettre en moi, et de ma propre initiative, la coulée odorante et colorée du grand mâchage des mots et des idées, des miens et de ceux des autres, m'empêchant ainsi de regagner la voiture et me lançant aussi dans les pattes les trépieds des caméras, tandis que je me reprends à hurler : MA PLAINTE !, MON BRUIT D'OIE DÉCHAÎNÉE TRANSFORMÉE EN BÛCHER PAR L'IGNORANCE ET LA CONNERIE SOLENNELLE DES HOMMES !, (tout brûlant ensemble en moi, les paroles de Signé-Huguette en train de jouir, l'idée de la bouche ronde de la chanteuse, la poussière mouillée, les défauts de son cuisants, le *tunnel spiral* inventé par Stockhausen, le coulis-éventuel-rougeasse repère d'un texte ancien dont je n'aurais retenu que les phrases qui suivaient cette curieuse expression, l'inscription des Bouche sur l'obélisque, et ce Moi-l'Ecrivain lippu et gluant qu'un porc, que j'aurais un jour trop énervé par mon débit et ma scansion, pourrait bien s'envoyer derrière la cravate comme un vulgaire coulis de tubercules), oui il ne pouvait y avoir rien d'autre à faire que de continuer à hurler au dieu de la machine, après avoir repris ma respiration et dans un grand boucan de glotte turgescente et de glaires accumulées :

1. Voir *Ossements définitifs sur la Colline,* ici page 166.

(plaf !)

JE VOMIS ! JE VOMIS ! LE VOMI M'ÉTRANGLE ! LE VOMI SORT COMME UNE FUSÉE DE MERDE CLAIRE ET ACIDE DE MA GORGE INCOMPRÉHENSIBLE ! MON VOMI SORT TOUT DROIT DE MOI ET S'ÉLOIGNE DE MOI COMME SI JE LANÇAIS MA JAMBE EN AVANT ! MON VOMI SORT TOUT DROIT DE MA BOUCHE COMME UN SEXE LIQUIDE ET BRÛLANT ! AH NOM D'UN CHIEN, ET SI JE ME COUCHAIS PAR TERRE ? NOM DE DIEU, ÇA RECOMMENCE ! JE VOMIS COMME UNE BÊTE ! QU'EST-CE QUE ÇA TOURNE ! MAIS QU'EST-CE QUE ÇA TOURNE [1] !

1. « Se non balla, muore ! » dit-on d'un tarentulé : « S'il ne danse pas, il meurt ! » cf. page 166.

6.

Camarades ! Quel chargement !, et il n'y en a que pour moi de ce jet sonore, de ce domaine de la violence sans limites ou avec des limites arbitraires. Au moins, les effractions par lesquelles j'y accède sont, elles, sans limites. Et vous n'y pourrez plus jamais rien : on n'échappe pas au *choralvorspiele !* Moi, parce que j'en suis et vous, parce que vous ne savez pas qu'il faut désormais être de fameux coureurs à pied !

Survie humane fasc. pffffrruiiiit !,
soyons quadrumanes !

A quoi il y aura toujours un crétin, comme chez Kafka, pour répondre « la main sur le cœur : " *Que je sois un chien si je tolère cela !* " Puis il prit ces mots à la lettre et se mit à courir de tous côtés à 4 pattes [1] ».

A quoi il y en aura toujours un autre pour demander ce qu'il y a de commun entre la musique et les chiens, et s'il faut composer de la musique pour chiens, ou si les chiens émettent quelque chose de mélodieux à quoi, par défaut d'ouïe, nous n'aurions pas été encore sensibles, ce qui alors serait bien dommage *(ricanements évidemment)*

1. *Fragments de la « Colonie pénitentiaire »*, extraits du *Journal*, 6 août 1917.

surtout quand on les regarde se grimper dessus *(ici franche rigolade de tout le monde)*, etc.

Question « chiens », je n'en démords pas : le grand schisme commence avec Reich : « Ne sauvez pas les hommes. Laissez donc les gens se sauver eux-mêmes. » (1952 [1].) Avec un léger petit effet d'écho du côté de chez Lénine : « Diriger les masses ne signifie aucunement leur faire la leçon [2]. » Oui, très léger écho, en effet. Phrase utilisée par moi, à plusieurs reprises, mais dans des textes restés inédits, au moment de ma démission de *Tel Quel.*

« Quel rapport entre tout ça ? » reprend l'autre ricaneur.

— Hé bien, disons qu'à la triade habituelle Roi-Pouvoir, Bouffon-Ecrivain, Confesseur-Professeur [3], c'est-à-dire cette bande de sinistres jobards torduculs qui passent leur temps à se confesser les uns les autres dans leurs guérites transformables peintes en bleu-blanc-rouge, ou en noir, ou en blanc bleuté, ou en rouge international, *mais toujours dans des tons pastel*, à ce Consortium, à ce syndicat du crime, à ce Grand Séminaire de « Petits Grands Hommes » (Reich), de « Big Brothers » (Orwell), de PireTics, d'Orthodoxyures, de Moraux-Crapauds, de Logodédales et de Chaisières, de FliCultus en somme, c'est-à-dire de gens qui ont des leçons à donner aux « autres » (moi), il faut opposer, en masse, mais aussi en hurlements de louves, en glapissements de rats, et en un véritable mur qui ne laisserait passer que de l'air et de la musique, un comportement individuel fulgurant, des tressautements rythmés et une course admirable, chacun occupé à ne plus être que son propre chien bandant au milieu des notes et les oreilles couchées par le vent qui passe.

Voilà !

1. *Le Meurtre du Christ,* Archives de l'*Orgone Institute.*
2. Tome 15, page 325, de l'édition russe des *Œuvres complètes.*
3. Sur ce sujet, voir aussi p. 128 et 193.

(long silence, quelques cris montent, du genre « anar qui t'a payé ? » ou « réviso négro », mais rien qui empêche la musique de s'imposer, ni l'orateur d'ajouter, en hurlant de toutes ses forces, comme il aurait dû le faire à Cerisy, mais c'est trop tard pour y penser :)

ET SI VOUS N'AVEZ PAS COMPRIS, ALLEZ VOUS FAIRE OFTUER !

Quelle musique enfin ! Que de billots ailés envolés qui jouent ensemble comme si de rien n'était ! Que de remuements et de tournis de joie qui vous serrent tout à coup la poitrine et vous mettent au bord des larmes, comme autrefois au Mélodrame ou au Cinéma ! Que de bouches occupées à être simplement à la même hauteur les unes des autres pour pouvoir s'entreboucher pour un oui ou pour un non ! Que de démonstrations claires et merveilleuses qu'on ne citait plus — et pour cause, pourris ! — comme celle-ci :

« Parmi les choses de la création, quelle est la plus digne ? Si tu veux répondre sagement, tu me diras que c'est l'homme ; car tu sais bien que l'Histoire sainte est d'accord sur ce point avec l'Histoire profane. Maintenant, attention : Quelle est donc la partie la plus digne de la philosophie ? Il faut nécessairement que ce soit celle qui traite des choses les plus dignes, c'est-à-dire de tout ce qui se rapporte à la connaissance de l'homme. Or, celui-ci ne pouvant exister sans le vit, ce qui est évident, il nous faut bien admettre le vit et conclure que le con et le cul sont les premières choses qu'il faille apprendre. Des combinaisons qui se pratiquent entre le con, le vit et le cul résulte nécessairement la connaissance de l'art de foutre et de pédiquer, et ainsi va s'élargissant la science [1]. »

1. Antonio Vignale, *La Cazzaria*, dialogue priapique de l'*Arsiccio intronato*, Sienne (1521 ?).

Et ainsi va s'élargissant la science !...

Maurice : C'est un plan fixe long *(l'œil collé au viseur ?)*
Jean-Pierre *(geste des 2 mains en coquille, l'une face à l'autre, balayant l'étendue du cimetière)* : Oui, il me semble.
Maurice : Ah bon, un panoramique alors ?
Mike : Tu y es Maurice, ça va être court hein, dépêche-toi *(avant que le soleil ne sorte des nuages, ce qui serait trop éblouissant) !*
Maurice : Je vais essayer de couper le toit de la maison en serrant un tout petit peu plus à l'arrivée.
Jean-Pierre : Attention, Maurice !
Mike : C'est bon ! Allez, vas-y ! C'est bon je te dis !
Maurice : Je peux y aller, hein ?
Mike : Vas-y ! Vas-y !
Maurice : Je fais longtemps ?
Jean-Pierre *(perdant patience)* : VAS-Y ! VAS-Y !
Mike : Repars là, Maurice, repars !
Jean-Pierre : Un tout petit peu plus vite, dépêche !
Mike : Dépêchez-vous, il faut avoir fini, il va sortir ! Tu m'as bien fait un cadre cinéma ?
Jean-Pierre : Coupe ! *(Puis, l'œil dans le viseur de la caméra)* : Dis, c'est pas exactement ce que j'avais prévu !
Maurice : Oui, j'ai pas le toit là.
Jean-Pierre *(à Mike)* : On a le temps de le refaire ?
Mike : Mumm...
Jean-Pierre : Bon, disons que ça va...

(Nous nous déplaçons tous les 3 vers le bas de la colline avec caméra, pied et petite malle en fer blanc sur laquelle Maurice monte pour être à la hauteur du viseur.)
Maurice : C'est un plan fixe ?
(on entend un coup de fusil très proche)
Maurice : Oh, la belle fumée !
Mike : Maurice, prêt ?
Maurice : Prêt !

Mike : Attends ! Attends qu'il soit un peu plus gris... Tourne ! Allez ! *(des touristes font irruption dans le haut du cimetière)* Attention, messieurs-dames, poussez-vous ! Attendez, bordel ! Coupe Maurice ! Poussez-vous là ! Non, derrière la haie ! Voilà, rien qu'une minute, merci ! *(riant :)* Ils vont y rester 3 heures dans leurs cyprès, ils oseront plus sortir [1] !

Jean-Pierre : Essaye le panoramique sur la droite.

Maurice : J'ai pas ma position.

Jean-Pierre : Coupe !

Mike : Merde, le soleil revient !

Jean-Pierre : Tu vois, le cadrage que tu avais, tu resserres pour arriver complètement dans le vert des arcades. Il faut que même dans le cadre cinéma tu n'aies pas de blanc.

Mike : Ah ! la vache, on va l'avoir dans le baba ! Tu es prêt ?

Maurice : Quand vous voudrez

Jean-Pierre : Attention il y a des gens ! S'il vous plaît, messieurs-dames, vous pouvez vous pousser ? *(ils sautent dans les cyprès)* Merci !

Mike : Hé ben, voilà ! On l'a dans l'os et en plus les marches d'escalier reflètent dur !

(on attend que le soleil se cache)

Maurice *(assis dans l'herbe)* : Moi, vous voyez, je m'emmerde dans la vie. Mon plus grand drame c'est de travailler !

Jean-Pierre : Ça te plaît pas ce que tu fais ?

Maurice : Je critique pas mon boulot, mais c'est l'horaire. Etre tenu, je ne supporte pas ça, je suis trop rêveur. *(Riant :)* J'ai un caractère de poète...

Jean-Pierre : Si tu devais pointer...

1. Comme lors de ce tournage d'un *peplum* sur le parvis de la cathédrale de Noto, en Sicile, où tout le monde avait oublié, 4 heures durant, les gens d'un enterrement qui n'osaient plus sortir de l'église. Finalement, le metteur en scène, pour une fois bien inspiré, les fit sortir, cercueil en tête, et défiler entre deux haies de faux légionnaires hilares, *tout en tournant*.

Maurice : Oh mais ça m'est arrivé de pointer, c'était terrible ! Ça vous dégrade un homme ça !

Mike *(furieux)* : T'avais qu'à pas te marier, avoir des gosses, et voilà, faut savoir ce qu'on veut ! *(il reprend précipitamment sa cellule* :) Tu devrais faire un plan fixe, tu auras pas le temps de faire le pano.

(Maurice grimpe sur la caisse de fer-blanc)

Maurice : Voilà ! Voilà !

Mike : Tu es prêt, Maurice ?

Jean-Pierre : On tente le coup, Mike ?

Mike : On a 10 secondes pas plus !

Jean-Pierre et Maurice *(ensemble et en riant)* : Allez ! 6-5-4-3-2-1 *(bruit de fusée avec la bouche)* GO !

Jean-Pierre : Moteur ! Vas-y ! Pano !

Mike : Il va sortir, dépêche-toi bon dieu ! Trop tard !... Ah non ! C'est foutu !

Jean-Pierre : Coupe ! Coupe !

Mike : Non, c'est foutu maintenant...

Jean-Pierre : Allez, écoute !

Mike : Tu auras pas plus, va...

7.

« *S'il vous plaît, poussez-vous un peu*
Je suis de la Terre du Jeu[1]. »

Puisque je suis toujours à courir derrière mon front ensanglanté, remettant en place, d'un bras *machinal*, le décor dit « Nausée-rose » qui est celui d'une classe de hâbleurs, de sceptiques et de corrompus, celui également de ce peuple de singes itératosophes[2] qui croit être supérieur à tous les autres peuples de la jungle, posséder toute la science du pouvoir, etc., décor de proliférations sans doute, de venins réels ou diffus plus sûrement, mais qui me monte à la tête chaque fois que je cours ainsi, chaque fois qu'obstinément me coursent à la mort les *chanchos de lata*, les « porcs de fer-blanc » compagnons de la Mort dans la comédie populaire argentine, et les *gosse-porcs*, enfants arriérés qu'en pays wallon on mettait autrefois à vivre dans les porcheries, d'où leur nom et cette sonorité chacale qui s'y attache, chaque fois que je me livre au barbotage du rire et des associatifs machiniques ;

puisque, pris dans ce torrent bavurisant Cultu, chant mortuaire de poussière sale et de boue, je sens bien qu'à longue échéance, la force des choses travaille pour moi ;

1. Taullard, p. 233.
2. C'est-à-dire *philosophes* : personnes qui disent toutes la même chose. On dit aussi *répétiteurs*, ce qui est normal puisqu'il n'existe pas de philosophe qui n'ait été, qui ne soit, ou qui ne sera un jour *professeur*.

puisque je suis toujours à courir, foulée après foulée et vous les livrant, et que je me trouve là où le désir, *mon* désir me met, et non la jouissance des causeries collégiales françaises qui ne sert qu'à masquer, qu'à tordre le cou aux orgasmes des autres, c'est-à-dire du *peuple*, dont je suis, et pour cause !, étant donné que mes ascendants paternels sont enterrés au cimetière de Saint-Eloy-les-Mines (Puy-de-Dôme) qui est maintenant interdit au public parce qu'il s'est *effondré* dans les galeries de mines désaffectées qui sont en-dessous, et que ceux de la branche maternelle qui sont au cimetière de Saint-Martin-de-Valgalgues (Gard) ont leurs tombes peu à peu *recouvertes* par l'énorme crassier nord des Mines d'Alès [1]. D'où mes orgasmes forcément, qui sont aussi profonds, *plus* profonds que les ravins faits par les balles dans les corps des fusillés. D'où aussi cette phrase de Dante, *O tu che leggi intenderai un nuovo ludo*, « O toi qui lis, tu entendras un nouveau jeu », ce qui veut peut-être dire que ce décor, qui est fait de goûts, d'odeurs rentrées et de couleurs, et qui peut hurler si fort de rire de part et d'autre de ma course affolée mais fermement dirigée vers ce que je crois bon, ouvre la bouche, oui la *bouche* en Politique et en Amour. *Tunnel spiral* donc, on y revient, évacuateur de la pensée tout osseuse de chacun, époussetée ainsi *ex nihilo*, comme le fait le vieux chinois une fois l'an des ossements de ses ancêtres qu'il *brosse* avec une poignée de filaments de fer rouillés au-dessus d'une serpillière disposée à même l'argile, tout en fixant précautionneusement des yeux un cirrus filamenteux qui strie le ciel comme une urine de chien ;

puisque enfin, après tout ces démarrages et ces virages, ces coups et ces faux-semblants, je suis encore là, en pleine course, à regarder désespérément et comme un fou la face concave ensanglantée de mon front qui mène lui-même sa course folle, alors que devant moi, plus loin

1. Il n'y a pas de fumée sans feu : puisque je suis également pris, quant à mon nom, entre saint Denis qui est représenté sans tête, et saint Roch qui porte trois chapeaux.

que mon front, court aussi le trop-dur de moi, l'absolu dur de mon tout-moi.

il faut bien, oui il faut bien avouer *(crié :)* AVOUER que toute cette histoire de course et de vautrage, de mélodie grimaçante et de curée, ces histoires qui n'ont de roman que le nom, qui n'ont en commun qu'un mâchage raisonné et vigoureux du mot *Mort* ne sont que des substituts dactylographiques du mot *Peur*. D'où, là encore, l'odeur qui monte au-dessus de ma machine à écrire et la couleur qui est en elle. Odeur colorée que nous ne sentons ni ne voyons mais qui fait que les chiens, sans crier gare, vous attaquent pour vous tuer. Matière première donc du livre : la course éperdue, *et qui sent mauvais*, de moi courant après mon front ensanglanté et concave, tous deux derrière l'âpre-dur de moi qui nous précède en roue libre comme un pneu qui s'est échappé d'une bagnole et la dépasse juste avant l'accident qui tuera les passagers dans un grand bruit de tôles déchirées et une odeur insupportable de caoutchouc brûlé. Avec, tout autour de la course, et de la mort qui la terminera, comme des fées de pègre ou des Erinyes : les Colères Errantes de l'époque.

Et maintenant : repli brutal question regard !

Et de *serrer* fort, notamment sur certain substitut non intelligent et non manipulable : le cercueil, machine ossiative, qui se monte dans les étages en position verticale, mais qui se redescend une fois rempli (tête calée, coudes au corps et pieds) en position horizontale et, de ce fait, obligatoirement par les escaliers : interdiction, *c'est la loi*, d'emprunter l'ascenseur pour rejoindre le rez-de-chaussée, sauf dans certaines tours d'habitations où une excavation latérale est prévue au ras du plancher de l'ascenseur, comme dans l'immeuble qui est au 20 de la rue du Commandant-René-Mouchotte dans lequel, chaque fois que nous rendons visite à nos amis Viguier et Blanc, je ne manque pas de demander à quoi sert ce trou noir. En même temps, face au trou noir, nos pieds comme des pénis d'A.D.N. sans complexes devant l'idée elle-même de l'*épicéa* qui est l'arbre dont on tire les cercueils et les violons et seulement, m'a-t-on certifié, ces 2 sortes d'objets.

8.

(Il fait très chaud, la musique est très forte.)

Moi *(devant la machine à écrire)* : Mets ton slip, on fait des photos des épaules.

Elle *(assise en biais sur le canapé de sa sœur)* : J'ai trop chaud !

— ...

— Tu crois pas qu'on en a des tas ?

— ...

— *(Elle remet son slip en se dandinant jusque devant moi)* : Tu as fini, je peux lire ?

— D'accord, mais tu lis à voix haute comme l'autre jour et détache bien tous les mots en scandant comme tu peux... comme ça te vient sans savoir d'avance le rythme des phrases... et pousse-toi que je puisse lire en même temps !

— C'est la suite, attends je sais plus où tu en étais.

— Attends *(je retourne au bureau prendre les dernières pages tapées)*, c'est juste après les 3 pages que tu trouvais si étonnantes et qui commençaient par la citation, truquée par moi, de Borgès à propos de la « Terre du Jeu », « Feu » et « Jeu » tu te souviens ?

— Ah oui très fort et tu as pu continuer comme tu disais ? Avec la grande explication sur la Louve ? C'est quoi toutes ces pages ?

— Non c'est raté, c'est des bouts... j'hésite toujours entre le grand morceau fiction très sec et déporté et puis le texte où je m'explique sur le tout-ça-c'est-fini le chien la louve et le reste... Je ne sais pas quoi faire.

— Il faut que ce soit là pourtant...

— Oui je sais bien...

— ...

— Attends je vais même te citer peut-être !

— Comment ça ?

— Attends que je retrouve ton carnet *(je vais dans la chambre).*

— ... ?

— *(En feuilletant le carnet debout torse nu)* : Voilà, le 11 mai... tu as écrit : *Denis couché sur le lit, moi assise sur lui, je prends un carnet noir et je note des bribes : — Depuis 3 mois je suis fatigué... — C'est vrai mais c'est surtout Louve basse qui te travaille ! — Exactement ! Quand je n'y travaille pas j'y pense toute la journée je baigne dedans, ou plutôt je baigne dans les états exacts où j'étais pendant que j'écrivais tel ou tel passage... En tout cas il y a une chose de sûre c'est que je ne supporte plus l'idée de la mort, j'en suis saturé, alors mon prochain livre je l'écrirai à toute vitesse, ça sera un livre plus court, non pas forcément et on passera à autre chose !...*

— Tu vas pas mettre ça quand même !

— Attends écoute, tu as mis ça juste en dessous : *Plus tard. — Je voudrais prendre une empreinte de ta vèlve un jour, en papier jupon et je tremperai tout ton saxe jusqu'à l'anus dans un pet de peinture et je passerai le papier jupon sous toi comme si je t'essuyais ensuite je l'étalerai et je le défroisserai et je le poserai contre un rat.*

— T'es gonflé c'est mauvais !

— Mais non c'est écrit c'est tout.

— Tu parles ! Tu vas pas mettre ça non ?

— ...

— Rends-le-moi !

— *(Elle a juste son slip sur elle, l'air mauvais)* : Allez donne !

— De toute façon c'est pas ça que je voulais lire c'est plus loin, attends, voilà : *Pas récupéré le rythme de Louve basse et questions sur la suite à donner aux morceaux terminés. Sentiment que j'ai et que je le soupçonne d'avoir, qu'il manque un long morceau de bravoure maintenant, à cet endroit justement et que le collage de textes restants ne suffira pas à combler ce vide.*

Elle *(toujours l'air mauvais)* : Oui c'est ça il fallait bien que je l'écrive d'ailleurs je le pense toujours !...

— ...

— ...

— Moi aussi et alors ça ne suffit pas qu'on le pense et qu'on l'écrive on en est toujours là tu crois que l'écriture c'est facile quand j'étais sur le tas d'ordure à Forcalquier avec mes bottes dans la merde et les tessons de bouteille tu crois que c'était du baratin ? Tu as déjà fait ça qui a fait ça qui peut seulement en dire la moitié comme moi tu crois qu'ils n'y croient pas ils ont la trouille oui, alors j'ai écrit des tas de bouts parce que c'est un tas de boue de B-O-U-E ! Alors où est-ce que je vais mettre la citation de Bataille que Christian avait mise dans Critique [1] et où tu m'avais photographié non c'était Bernard directement sur l'écran quand on a vu les rushes de l'émission, où est-ce que je vais mettre le grand texte sur la construction de la cathédrale que j'avais écrit pour Hubert Damisch et où je jouais sur son nom pendant qu'il grimpait sur le monte-charge tiens tu vois la décharge publique amène le monte-charge il faudra y penser.

— ...

— La boue il faut la faire entrer dedans et pas en faisant semblant d'exhiber aux gens que c'est littéraire et réussi non il faut mettre la boue dedans parce que c'est de la boue et c'est ce qui est littérairement écrit j'en ai marre de Bataille parce que c'est toujours l'arrière-histoire arrogante qui n'en finit pas, pareil pour Joyce

1. « Contre les demi-mesures, les échappatoires, les délires trahissant la grande impuissance poétique, il n'y a qu'à opposer une colère noire et même une indiscutable bestialité : il est impossible de s'agiter autrement que comme un porc quand il bâfre dans le fumier et dans la boue en arrachant tout avec son groin. »

d'ailleurs tu vas voir une de ces feuilles c'est fait avec deux parodies d'Ulysse, tiens lis la commence par ça, lis toute la feuille j'avais prévu de la mettre ici après les deux pages sur l'explication de la Louve, mais lis la on va se marrer tu vas voir ! D'ailleurs il y a tout le monde dans cette page, pas seulement Joyce Juicy, il y a aussi Burroughs Artaud Rechy et d'autres mais c'est ça l'écrit fini abouti et moi j'ajoute acabi et aboli encore et Mallarmé par-dessus le marché parce que c'est du marché et c'est fini faut le dire et moi je le dis d'ailleurs l'autre soir pendant que j'étais interviewé par Bernard Noël je l'ai dit il n'y a pas de différence vraiment entre Mallarmé et Sully-Prudhomme ni entre Lautréamont et Soupault et tout ça parce qu'on doit penser ça et que tout ce qui précède il faut le voir et le savoir c'est mort sinon on n'est rien soi-même, allez lis !

— *(Assise en slip, moi torse nu sur l'accoudoir, elle lit) : Quelqu'un se décrit en termes élogieux quant à l'âge l'aspect et la taille et eux devant dansent la danse des poux à l'odeur sèche et des viscères sales, pas de serviettes, pas d'écho puissant gras non sonore non soufflant, pas mal comme déclanche : avec leurs deux draps et leurs deux matelas cousus bord à bord pour n'en faire qu'un, etc., hé là : ils dansent ça, ça et ça, chapeau !, chapeau !, chapeau !, voilà la danse du sexe le delta bleu de l'égout le Grand Delta Généreux du coulant couleur d'orange, encore chapeau : je lui ai demandé si elle voulait oui lui dire oui chatte sublime grande peau tendue roide de l'orange que lui trouent l'odeur et l'eau sale au son gras de mon rat et d'abord (v'là l'accord !) je lui ai passé les bras par-derrière et je l'ai attirée à califourchon sur moi et j'ai reniflé ses seins tout parfumés oui et son cœur battait comme fou et oui elle a dit oui je veux bien oui. Juicy ?*

Aujourd'hui entendu ce déclic[1] de mon cerveau ?

1. Cf. les « flashes signifères limites » du chapitre 2.

« J'aurais préféré être un frotteur de lard, un surveillant d'égout, un homme d'équipe qui se faufile sous les trains dans les gares pour s'assurer que personne ne fait usage des toilettes. »

Est-ce déclic ?

« J'ai tiré la peau sur ma tête car j'étais un sujet lacunaire canal et j'ai pris ma pose comme deux animaux collés ensemble thonnade massive rougissant la mer à l'aube et je savais que la chose se débattait en moi comme un seul homme — horreur ! — dans l'herbe dans l'arbre et l'animal. »

Dans quel état de déclic ?

« Dans un coït humain plein de fougue et à l'énergique va-et-vient du piston dans le cylindre nécessaire à la satisfaction complète d'une concupiscence latente sinon aiguë logée dans un organe féminin au physique et au mental en mouvement tous deux vers l'Ouest emportés l'un en avant et l'autre en arrière par le mouvement propre et perpétuel de la terre à travers les chemins toujours changeants de l'espace qui ne change jamais. »

— *(Elle se gratte sous son slip à l'aine)* : Mais c'est bon ça pourquoi tu veux pas le mettre ?

— Oui c'est bon mais à quoi ça sert d'en mettre juste pour prouver que moi aussi j'en fais c'est fini et il faut que je dise que c'est fini forcément parce qu'il y a autre chose à dire ce que Hegel a dit il l'a dit à ce moment-là *period !*, ce que Mallarmé a écrit il l'a écrit à ce moment-là *period !*, et ce que moi j'écris en tout cas c'est parce que c'est maintenant et que demain un autre pensera que si j'ai écrit tout ça c'était parce que je l'avais écrit à ce moment-là et il aura bien raison ! Qu'est-ce qu'il y a ?

— Qu'est-ce que c'est : *period* ?

— C'est de l'anglais ça veut dire : *point à la ligne* ! D'ailleurs ; ça veut dire aussi les règles...

— ...

— Qu'est-ce que je disais ?

— Je sais pas..., c'est tout ce que tu as écrit, cette page à la Joyce ?

— C'est pas « à la Joyce » merde alors y a juste deux ou trois points de départ mais c'est moi et après ? Bon, lis l'autre page enfin les 3 pages qui devaient être le début du chapitre 8, tiens tu parles d'une *explication* ! Il faudrait trouver enfin ce qui débarrasserait tout du problème qu'on connaît par cœur et qu'on a là et sur lequel on crache et chie à longueur de journée tout en se le salivant et se le dégorgeant avec plaisir sur le papier, et pour ça il faut attaquer l'instrument défigurant de tous ces gens qui croient nous baiser en nous écrivant dessus, si nous on n'arrive pas à baiser le problème en écrivant dessus, eux ils n'arriveront pas non plus à nous baiser en nous écrivant dessus, si on peut appeler écrire ce qu'ils font parce qu'ils n'écrivent pas ils plagient les idées ils plagient le ton ils nous pompent et tout ça pour quoi ?, pour s'assurer de la personne de nouveaux thésards-têtards, de nouvelles thésardes-têtardes, pour s'assurer de la personne des jouissances des gens qui viennent quêter leur tête à leur tour et alors ils parlent tous ensemble maîtres et valets ensemble de la jouissance et du plaisir et du plaisir et de la jouissance et de jouissance et plaisir et de Plaisir et de Jouissance moyennant quoi tout se refroidit et se fige et eskive c'est-à-dire exactement qu'aveuglément ils s'associent au pouvoir, ils le confessent et assistent et ils matraquent à leur tour ils punissent ils refusent ils recalent ils déclinent ils repoussent ils tordent ils s'en prennent aux fonds et ils leur enlèvent même ça et ils leur expliquent que jouir qu'avoir son orgasme et pas celui de l'Autre c'est pas bien, que chier dans la colle c'est mieux qu'avoir la quéquette à l'air et qu'en tout cas vouloir la mettre au con de l'autre c'est infantile, bien sûr ils s'entourent de toutes les garanties possibles ils vont de Vincennes à John Hopkins University, d'un côté ils châtrent le bureaucrate et la dactylo et de l'autre ils masturbent l'étudiant chic et l'étudiante *camp* qui ont payé plusieurs millions pour s'inscrire dans l'université la plus aristo et sélective de tous les USA, mais foutre tout ça n'est jamais dit et la théorie et la fiction et la fiction et la théorie ! : des deux côtés on s'empresse de tout recouvrir et d'entasser dessus ses pudeurs, quelle odeur ! Personne ne le dit, alors moi je le dis : j'accuse tout le monde (mais pourquoi vous taisez-vous vous tous alors que je parle) de collusion avec le pouvoir, de déformation systématique et d'enchevêtrement voulu, j'accuse tous ceux qui écrivent et tous ceux qui peignent et tous ceux qui sculptent et tous ceux qui font des plans d'archite de faire le jeu du pouvoir. de le secréter et d'*en être* après en avoir *voulu.* Tant que nous n'aurons pas compris que nous sommes des privilèges du passé et que nous ne pouvons rien être d'autre sinon pire encore, nous n'aurons pas fait un seul pas en avant, et nous aurons en plus entraîné ceux qui n'auront pas compris à temps quels faux-jetons nous étions dans une partie de retour grossier, de féodalisation de la situation, voilà sans doute ce qui travaille tellement l'écriture de quelques-uns que nous sommes et pourtant je suis le seul à prendre le risque : qu'est-ce que vous attendez ? Mais non, Guyotat replonge en son désert et parle de creuser l'écart et d'y travailler ; mais non, Sollers encore pourchasse et bataille il danse sa danse elle aussi magnifique mais c'est devant Quoi-Qui qu'il danse ; et pourtant voilà, tous deux sont mes frères et les autres que sont-ils ? Alors pourquoi Sollers et Guyotat font-ils la sourde oreille, ont-ils le croup? Pourquoi font-ils si bien semblant ? Alors que visiblement comme moi ils sont à l'envers des autres et tellement plus loin qu'eux ? Et c'est bien à leur envers qu'il faut écrire et crire — merde je tape trop vite !

— Oui ça c'est pas mal : *t'écrire et crire*, mais c'est dangereux !

— ...

— Je suis fatiguée, je vais prendre une douche tu veux bien je lirai la suite après.

— ...

— Bon tiens reprends les feuilles pour que je les mouille pas.

— ...

— Tu viens avec moi ?

(Je la suis dans la salle de bains et m'assieds sur le bidet pendant qu'elle se douche, elle me mouille un peu avec des éclaboussures surtout quand elle augmente le jet pour le diriger sur sa vulve qu'elle déplie avec deux doigts elle le met plus chaud et elle me regarde :)

— Ça ne t'ennuie pas ?

— Non, mais je vais être encore frustré comme un dingue !

— ...

— ...

— CHÉRI !...

— Attends ne jouis pas trop vite, laisse-moi regarder que j'en profite !

— *(Elle, les yeux fermés et levés, une jambe passée sur le rebord, la vulve presque violette tellement ça la pique et la brûle)* : Après je te sucerai, tu verras, et... Oh, attends un peu... ATTENDS ! ATTENDS ! Non, encore, attends, ah mon chéri *(elle rouvre les yeux :)* c'est tellement bon comme ça une fois de temps en temps et puis tu m'énerves tellement, pousse-toi que je sorte !

— ...

— Passe-moi mon peignoir tu veux bien ?

— ...

— ...

— ...

— Ah, j'en peux plus ! *(Je lui suce un téton pendant qu'il est encore mouillé.)*

— ...

— ...

— Moi *(depuis la cuisine)* : Tu veux boire ?

— Non.

(Long silence, elle met un autre slip blanc qu'elle prend dans la commode du salon en se cachant distraitement pour qu'on ne la voie pas de la rue :)

— Tu viens, mon minou ?

(long silence)

— Attends un peu *(je me penche vers son ventre et je tire le slip)* attends c'est pas tout ça, mais est-ce que tu as entendu ce déclic de mon cerveau ?

— Quoi ?

— J'ai dit : « aujourd'hui entendu ce déclic de mon cerveau ? »

— ...

— ...

— Ha !, Ha !, Ha ! T'es gonflé quand même ! Tu veux que je te suce c'est ça ?

— ...

— Allez viens !

— ...

— Je t'aime.

(Une heure après, lecture à nouveau, au même endroit, elle en slip et en chemise rose que je lui ai prêtée et tout recommence, elle lit bien de sa voix qui est faite pour ça :)

— Attends, oui, c'est là, la page que tu avais marquée « 87 » non ? Faudra pas que tu te trompes quand tu recopieras tout ça si tu le mets. On y va ? Tu es bien maintenant moi je me sens en pleine forme ! Quelle « explication » ! Bon : *Voilà pourquoi je dis qu'elle est « basse » la louve : de l'autre côté du canal*

— Attends arrête-toi une seconde !

— Qu'est-ce qu'il y a ?

— Regarde de l'autre côté de la rue dans le jardin : il y a deux jardiniers en tenue bleue qui s'embrassent à pleine bouche !

— Oh ça alors ! Mais c'est vrai ! Regarde : ils se pelotent drôlement !

— Oui, ça plairait à Bernard...

— Incroyable !, tu as déjà vu ça ?

— Non...

— ... *(Elle regarde avec le viseur soviétique pour Leica qu'elle a acheté il y a quelques jours et qui fait jumelle.)*

— Allez viens on continue...

— ...

— ...

— *(Elle referme la fenêtre et se rassied)* : Je recommence ah oui voilà : *Voilà pourquoi je dis qu'elle est « basse » la louve : de l'autre côté du canal parce que c'est toujours sur celui-ci que je suis et que les autres sont de l'autre quand une phrase que je viens d'écrire ne va pas et que je me lance tout de suite quand même dans la suivante sans rien payer en me disant que je le ferai plus tard pour ne pas perdre de temps et que pendant la page je suis obsédé par ce manquement et qu'en même temps je me dis « Faut y aller » « Faut y aller », en proie au vertige de l'excitation immotivée de l'univers, me disant que c'est là que je cours et cherchant l'emplacement idéal où écrire enfin ce que je pense vraiment :* LA LITTÉRATURE EST PÉRIMÉE DEPUIS LONGTEMPS ET L'ÉCRIVAIN LUI-MÊME EST UN PRÉJUGÉ DU PASSÉ.

(long silence, musique toujours très forte)

*La louve est la loupe du loup. Mais la louve n'est pas tout ce qu'est le loup : on ne peut pas dire d'une jeune fille qui n'est plus vierge qu'*elle a vu la louve, *et, non plus, que* quand on parle de la louve on en voit la queue. *Ni que* l'homme est une louve pour l'homme. *Et que dire d'*une vieille louve de mer, *d'une* louve au fenouil, *d'une* louve en satin noir *pour se masquer les yeux, d'une* louve de morve *qu'on se tirerait du nez ; sans compter le* chien-louve, *la* gueule-de-louve, *la* dent-de-louve, *le* pet-de-louve, *la* tête-de-louve, *la* vesse-de-louve. *A remarquer : l'usage* *immodéré dans ces assemblages de mots, de termes physiologiques ayant pour objet de désigner différentes étapes de la digestion, dans l'ordre : la tête, la bouche, la dent, le pet, la vesse. Ce qui sous-entend au cours des temps passés depuis le siècle où le mot fut fixé, toutes sortes d'atermoiements et de distances prises avec la merde. Mais n'importe : la louve aimée du loup est un mé-loup à mamelles archi-tétées, c'est son* sans-un, *son* mais, *son* ça *qu'on téta tant : à force de fonder par là des cités, son fondement grossit, elle prit du cul, ses trous arrière s'évasèrent, de la bouteille quoi !, ses mamelles sucières devinrent saucières et s'effondrèrent. Des escarres s'ensuivirent, trop de boulot occidental, les bouts, s'escrimant, se gercèrent et furent percés, la graisse lacteuse s'égoutta, elle lâchait jets et pets la belle, à force de flatulences elle bomba, elle explosa mais mou et rien ne fut rompu. De l'écrase-merde, à force d'en parler chez les étymologistes alors que les bronziers latins l'avaient dédaignée de ce côté-là, voilà ce qu'elle était devenue. Et le tout se traînait si bien par terre, à ras de toutes les merdes qui ont encombré les chemins malgré la surveillance d'Hécate ou de Terme, qu'elle put même se permettre de maigrir : il était bien trop tard pour que l'échine se redressât et que le ventre se remusclât. La louve, conne grasse braconnée par les Pompiers de l'Art et du Suint d'Eglise, eut à jamais l'échine basse, paumée désormais dépassée chiquant du Kant et marchant au* kif, *allant au hasard des allées à l'enculage ou à l'enconnage, se prêtant ainsi aux jeux des morts et aux jets de salive odorée des chevaux psychopompes, livrée aux queues les plus dégueulasses, comme un millefeuilles rance à la* boca negra. *Et moi là-devant, contemplant le désastre émouvant, participant moi-même au lynchage généralisé de la louve, issu tout droit, Monument non Minotaure, du Labyrinthe des viscères de la Louve et ayant sans doute dans ses dédales de sang dansé d'horreur plus qu'aucun autre, je m'écris : « Ont-ils entendu ces hurlements vivants ? Le calme c'est le soupir. Le gémissement est dans la course. Ont-ils vu les feux vivants des sémaphores, voient-ils souffler les noms des morts dans les registres où ils sont consignés ? » Et j'ajoute, occupé encore à désentortiller mes jambes du métrage puant : « J'emporterai quand même ton crâne dans l'espace, il sera la fabrique de la civilisation et des instruments de conquête. Je te lancerai sur toutes les planètes de ma sagesse, et par toi je désagrégerai le monde. »*

Le gésier de la louve est la Pensée. Et la Merde de la louve sort plus haut qu'Elle. Voilà le bateau qu'on nous avait promis, où l'on nous mène : le XIXe siècle aura été le siècle du Nord et du Sud, le XXe celui de l'Ouest et de l'Est. Que sera le prochain ? Et pendant ce temps-là les couèt-couèt *à nouveau ont pris l'air et planent innombrables comme, paraît-il, en Argentine (Borgès les cite à plusieurs reprises), les échassiers* téru-téru. *Il suffisait d'y penser : ils sont comme tous les autres* oiseaux *qui courent en tous sens dans nos rues, dans nos maisons et dans nos écoles en les prenant pour des poulaillers et en criant partout : « J'ai une réponse, qui a une question ? »*

Personne n'a jamais su ce qu'il fallait penser de cette étrange danse à laquelle s'était livré Thésée après s'être échappé du Labyrinthe. Lui et ses compagnons libres avaient débarqué secrètement sur un îlot et, de nuit, *ils avaient dansé en imitant le pas complexe des* grues *en chaleur, développant le réseau des mouvements sautillants et chaloupés selon le dessin du Labyrinthe, et en allant de la gauche (direction de la mort) vers la droite en tournant autour d'un autel recouvert de crânes et de cornes, et seulement de cornes gauches. Thésée était relié aux autres danseurs par une corde (aujourd'hui c'est un foulard de couleur qui sert aux jeunes filles grecques qui dansent* la candiota) *qui symbolisait le fil d'Ariane, et il tirait les autres danseurs tantôt à l'intérieur, tantôt à l'extérieur des circonvolutions.*

Mais ni toi ni moi n'avons vu de grues vivantes autrement qu'au cinéma.

Autrement dit :

LA LITTÉRATURE EST PÉRIMÉE DEPUIS LONGTEMPS ET L'ÉCRIVAIN LUI-MÊME EST UN PRÉJUGÉ DU PASSÉ.
VIVE L'EXCITATION IMMOTIVÉE DE L'UNIVERS !

(à mon tour je lis des textes plus anciens)
(on remet de la musique[1]*)*
(elle relit quelques pages du Mécrit, « pour voir et pour savoir » *dit-elle en se tordant de rire, moi ça m'est égal*)

(un long silence pendant lequel on ne fait rien ni l'un ni l'autre)

(enfin, pour être sûr, je lui lis à voix haute — elle a toujours prétendu que c'était un très bon texte que je me trompais et qu'il fallait le placer quelque part — le premier morceau délibérément écrit sous le titre « Louve basse » *et paru dans le n° 1 d'*Art Press. *On est chacun dans une pièce mais ça ne fait rien la distance rendra la démonstration plus concluante encore et je l'écarterai du livre définitif)*

1. Dans une lettre de 1778, Mozart écrivait à son père : « Vous savez que dans ma vie (bien que je l'eusse souhaité), je n'avais vu personne mourir. »

Over-matière.

Elle *(collant des photos dans la salle à manger)* : ... J'ai beau être une femme, c'est un texte qui fait langue ancienne, tu vois.

Moi *(dans le bureau)* : Mais c'est un épisode.

— Oui c'est un épisode, mais ça fait pas travail *sur*, tu vois ça me plaît parce que je retrouve des choses.

— Mmm.

— Tu rajoutes quelque chose ?

— Mmm... Fais attention à ce que tu dis, je prendrai tout à mon compte !

— ...

— Qu'est-ce que tu crois que je tape en ce moment ?

— Je sais pas... un complément fait de tout ce qu'on a dit depuis tout à l'heure.

— Tu crois qu'il faut que je le rajoute ?

— Quoi ?

— Ben le complément.

— Ha ha !

— Alors je le rajoute à la queue leu leu ou pas ?

— Tu veux que je te réponde hein c'est ça ?

— ...

Elle *(après un silence méfiant)* : C'est pas sûr que ce soit bon ce que tu tapes en ce moment, ou plutôt ce que tu fais, hein ?

— ...

— ...

— Tu veux que je m'arrête ?

— Oui je veux voir, je ne crois pas que tu aies raison.

— Tu me dis à quel moment et je m'arrête pile, d'accord ?

— Bon, allez vas-y... stop ! Ha ha !... Ecriture dirigée hein !... Tu viens, allez montre-moi.

(*j'ai peut-être entendu :* « c'est bien » ?)

Elle *(riant de nouveau)* : Alors Denis : tap tap tap la

machine, hein ? Ha ha !... Viens voir un peu... ça a assez duré !

— ...

— ...

— Mmm... *(je siffle longuement, pour la provoquer)* : Twwwwiiii, uiiiit... twuuuuiiii, uuiii uuuiii

— Tjes tjeunsi tse sifflements ?

— Quoi ?

— J'ai dit : tu transcris tes sifflements ?

— Mmm *(je passe dans la salle à manger et lui montre la feuille que je viens de taper).*

— Ha ha ha !, c'est pas croyable de relire ! T'as même mis tes petites choses silencieuses hein ? Ha ha !

— *(Je reviens devant la machine à écrire) :* Chut !

— Non arrête de taper, ha ha !, je sais ce que tu es en train de faire !

— Tais-toi donc !

— Ha ha !, arrête !, non !

(je lui montre)

— Ha ha ha !, c'est pas possible : je fais Ha ha comme ça tout le temps ?... Tu me donneras tous ces petits papiers pour que je les recopie...

— Mmm.

— Comment il disait ? « C'est au XXIe siècle que nous aurons raison », c'est ça hein ?

— Mmm.

— ...

— ...

— Tu ne veux pas retrouver les photos qui manquent, que je puisse continuer à les coller ?

— Mmm... Tu veux qu'on appelle Bernard tout à l'heure ?

— Oui, tu crois que Martine y est ?

— Quoi ?

— Tu crois que Martine y est ?

— Je ne sais pas.

— ...

— ...

— Mais si tu veux faire ça, il faut le faire au magnétophone, c'est trop dur directement à la machine à écrire !

— Mmm.

(je lui remontre la feuille)

— Ha ha ! ça continue hein ?, je fais tout le temps ha ha !, décidément !

— Attends bon sang !, rends-moi la feuille !

— Ha ha !, tu vas m'obliger à rire silencieusement, j'ai l'air idiot !

(je lui remontre la feuille)

— Non !, tu vas faire de moi une demeurée !

— Pas du tout, c'est très bon, tu te rends compte : passer directement du texte écrit à *ça* !, je vais laisser tout ça exactement comme ça, tu vas voir !

— ...

— ...

Elle *(de nouveau, comme si de rien n'était)* : Bon !, allez, viens me dire comment il faut recadrer cette photo. Viens, viens, viens, t'en va pas !

— Oui, oui, oui.

— Allez viens quoi !

— Mmm.

(je lui remontre la feuille)

— Ha ha ha !, ha ha ha ha !, ça alors, ça finit plus !, ha ha !

— Ha ha quoi ? C'est pas drôle ça ? C'est bon !, c'est tout le temps bon !

— Ha ha ha.

— Ha ha.

— Ha ha ha ha.

— ...

— Ça fait le même effet sur moi que les bandes dessinées sur toi. Non !, reviens quoi, ça suffit !, je sais ce que tu vas taper !

— Et qu'est-ce que je vais taper ?

— « ... je sais ce que tu vas taper ! »

— Comment tu as fait pour deviner, t'es forte quand même !

(je lui remontre)

— ...

— Bon allez, tu peux parler, je vais m'arrêter là, je ne peux pas aller plus loin et nous taper éternellement...

— Pourquoi ?

— La boucle est bouclée, tu comprends !

— Mmm.

— Tu vois, en ce moment c'est toi qui fais *Mmm*, les rôles sont inversés !

— Ça devient moins bon.

— Comment ça ? Tu ne comprends pas, les gens vont comprendre exactement ce qui s'est passé, ils vont comprendre que je tapais au fur et à mesure ce qu'on se disait ! Et puis il y a un moment où on commence à comprendre que tu te méfies.

— Mmm.

— D'ailleurs, ça aussi il faudrait le taper !

— Mmm.

— Tu te rends compte ?

9.

Bichat : « La vie est l'ensemble des forces qui résistent à la mort. »

(*Recherches physiologiques sur la vie et la mort,* 1800.)

Réduit bunker buccal, j'en sors ! Admirez ! Regardez ! Voyez comme c'va vite comme ma vie s'y trouve encaissée, et balancé mon corps étonnant ! Et, au passage, ma langue (souvenir : ma langue, ma langue, merde !), taillée à sa nouvelle mesure, imprenable, salivant sa propre et tourbillonnante angoisse, et qui tortille du cul comme une chienne rose fumant dans le froid du matin et contemplant, droit devant, l'écran verdoyant des livres en livrée : ma langue pète de santé !, en avant, postillons !, progressez ! :

Sur le modèle du chant d'Iro (souvenir : *Il ritorno d'Ulisse in patria,* 1641 ?) comme toujours, et pris dans le tournoiement poussiéreux du rhombe dogon, comme toujours, voici ma langue occupée aux tranchées entreprises, en plein travail :

Réduit bunker buccal, 1er fragment public.

Sur la fourrure de liu[1] !, sur la foutture de loup qui termine la plaine lui !, qui termine la plaine liquide, les libellules chassées des buissons par le combat panne !, planant sur l'eau rougie, je la prends contre moi, je la serre contre moi, machez l'ami, macho je crie *(hurlé :)* les œufs ne désemplissent pas, les œufs d'ailleurs !, ah nos œufs ! nos reins ne désemplissent pas !, ça y est dans la splendeur du pet ! A ses brassards, à l'armure, aux chevilles de ses pieds, vlllouf, Iro chante alors la colère *(hurlé !)*, ellle foule cette augée de cadavras, dégage ! dégage, pensée !, au large !, allez de la bêche et de la queue-de-rat, fais avancer tes mâchoires récau !, réchappe au poème beurré ! *(hurlé :)* RÉCHAPPE !

Un soupçon d'adresse, si je suis liberté, grouille regarde, grouillots yeux du berger sur mon pouv !, jette un regard de berger d !, sur mon pouce, du même âge les yeux baissés, du même âge les pouces, il y a encore en moi une langue toute rouge merveilleuse : « ma langue, ma langue, merde ! » Tranchée, réduit buccal j'en sors !, réduit bunker buccal, ici passent en flèche si l'on veut les débuts les mèches les ventrées l'orée des fragments publics du présent livre, vlllouf et Iro forcém ! Iro tagada !, long jet brûlant d'paroles !, écits !, écrits impecs de l'adhérence, longs revenez-y à cul blanc déroutés anus q !, aqueux ! (cela *hurlé* large plainte, hauteur du vent écrasant klong klong la tempe, et l'arbre alors passe tout entier ventilant tout !!) en bref, tenue opérationnelle louve basse égale : la matière s'en donne à cœur joie ! *(plus fort :)* LA MATIÈRE S'EN DONNE À CŒUR JOIE !!

Autrement dit *(cadences hurlées :)*

1. Excès typographiques = adhérences buccales.

« Nous fêtons cette date — le 1er mai — en débroussaillant le passage mais en avançant très peu ; nous n'avons pas encore atteint la ligne de partage des eaux. Almeida a parlé à La Havane, en nous jetant des fleurs à moi et aux célèbres guérillas boliviennes. Le discours a été un peu long mais bon. Il nous reste de la nourriture acceptable pour trois jours ; aujourd'hui Nato a tué un oiseau à la fronde, nous entrons dans l'ère de l'oiseau. »

Autrement dit encore *(hurlez !, mais hurlez donc ! :)*

Boys boys venez, canons courts hautbois, il y a encore en moi une langue rouge merveilleuse, il le faut ! A propos : identification sonore entre le martèlement de pisse sur la terre, sous les cuissots écartés de l'amie, derrière le gros buisson de Palmengarten, Francfort, et l'écrabouillage de la nuque de Rosa Luxemburg (boucan, suint femelle !, tu sens l'orange, l'asperge, tu sens le sang !, tu sens l'anémone pourrie !) *(ma gorge !)*, des preuves ? : « He had loosed the fatal lightning of his terrible swift sword », et d'ajouter : « Pourquoi s'arrêter là ? Pourquoi ne pas faire pousser des dents et des griffes, crocs à venin, dards, épines, piquants, becs et ventouses et glandes à puanteur et se battre jusqu'au bout dans la fange hein ? », dixit Bourrique Rousse.

Phonétiquement *pissat* égale, en russe *écrire* et/ou *peindre.*

« Les Obscurs Infelix Faibles Boyaux. »

Le corps de la communiste Rosa Luxemburg oscille au rythme du Grand Marteau qui marche, direction le canal, entre le Zoo et Tiegarten, le corps de la coco Rosa pendouille, klong !, klong !, les Grands Marteaux Maîtres-Fous, cravachant la foule, boxant les badauds, fléchissant les genoux en cadence, biscotos en érection, pancartes revendicatrices des Gazolines Boys déployées en tête du cortège, les Harengères de la Grande Jute Passion (maîtres assistants flicôts du GJP en tenue, soutien-gorge et culotte à festons passés par-dessus la robe et le chemisier, mais criant « Passion à Pleins Bras ! » et le chantant, tour à tour, à tue-tête) par quartiers accourues de leurs perrons d'honneur, de dessous leurs tonnelles, des maisons de repos de l'Intérieur International, soliloquant toutes (les seins et l'oreille uniques c'est à ça qu'on juge l'escargot).

C'est alors que se produisit l'incroyable. Les masses étaient là très tôt, depuis 9 heures, dans le froid et le brouillard. Et les chefs siégeaient quelque part et délibéraient. Le brouillard, qui était souvent dense dans cette saison si peu claire, augmentait pourrissant et mouillant partout les toitures et les rares voitures, rendant noirs les pavés des avenues désertées, et les masses attendaient toujours. Mais les chefs délibéraient. Midi arriva, et, en plus du froid, la faim. Et les chefs délibéraient. Les masses déliraient d'excitation *(tu parles !)* : elles voulaient un acte, un mot qui apaisât leur délire. Personne ne savait quoi. Les chefs délibéraient. Le brouillard augmentait et, avec lui, le crépuscule. Tristement les masses rentraient à la maison : elles avaient voulu quelque chose de grand et elles n'avaient rien fait. Et les chefs délibéraient. Ils avaient délibéré dans le Marstall, puis ils continuèrent à la préfecture de police (sur le mur, plaque du premier crescendo de la 5e de Malher), et ils délibéraient encore. Dehors se tenaient les prolétaires, sur l'Alexanderplatz vidée, le flingot à la main (accents mélodieux du chant *Das Wunderhorn !!*), avec leurs mitrailleuses lourdes et légères *(sic)*. Et dedans, les chefs délibéraient. A la préfecture les canons étaient pointés *(Trauermarsch. In gemessenem Schritt !)*, des marins à tous les angles, et dans toutes les pièces donnant sur l'extérieur, un fourmillement de soldats, de marins, de prolétaires. Et à l'intérieur les chefs siégeaient et délibéraient. Ils siégèrent toute la soirée et ils siégèrent toute la nuit, et ils délibéraient. Et ils siégeaient le lendemain matin quand le jour fumeux, empoussiéré fut devenu gris, et ceci et cela, et ils délibéraient encore. Et les groupes revenaient encore sur le Siegesallee et les chefs siégeaient encore et délibéraient. Ils délibéraient, délibéraint, délibéraient [1] *(hurlé de toutes mes forces)* : DÉLIBÉREZ ! DÉLIBÉREZ ! DÉLIBÉREZ ! Alors monte des étages la mélodie « A ce sang accourez », et puis le mot d'ordre « L'Achéron s'est mis en mouvement » monte aussi. Un instant passe et la foule rompt, tord, encombre, foule en serrant les fesses, gongs abus tabasse, en un clin d'œil, et dans son dos, alors rectiligne comme un devant de commode face aux autres, la poule incroyable réussit l'amarre de sa Passion et déferle dans le dos du célèbre mot d'ordre, en fait un titre d'article composé par Rosa Luxemburg. A bas les petites pages quoi ! A titre d'essai *(très crié) :*

MY SWEETHEART WILL
HURRY
UP HILL AND DOWN VALE
SWEETHEART MY SHINING DUST
DEATH AS A DIRT GOING OUT
DEAREST, LET'S GO OUT WALKING !

Ou encore, pour ceux qui ont toujours du mal à comprendre :

« Pensez en continents ! », lançait aux impérialistes anglais Joë Chamberlain. « Pensez en continents et en siècles ! », tel est l'appel de l'Internationale communiste au prolétariat. Waf !

Ossements définitifs sur la colline, un peu en arrière des maisons.

Et moi :

1. In *Die Rote Fahne*, 6 janvier 1919.

LOUVE BASSE

MA BIEN-AIMÉE VIENDRA EN COURANT
GRIMPANT LES COLLINES DÉVALANT LES RAVINS
MA BIEN-AIMÉE, POUSSIÈRE BRILLANTE
LA MORT COMME DE LA TERRE QUI SORT
MA CHÉRIE SORTONS, ALLONS MARCHER

(Hurlé ! hurlé, tout ça !)

Ne cherchez pas, c'est de moi. Du roman.

J'insiste : ossements définitifs sur la colline. Que ce soit « un peu en arrière des maisons » n'y change rien. L'Achéron s'est mis en mouvement : tous en maillot ! Hé les morts !, montrez-vous !, achetez vos dessous chez Valisère, Warner, Petit-Bateau, Marie-Martine, Lejaby, Kleenex, Consorts, Hermès, Tampax, Mariner, Cloaca, Pute-Marine, Olisbos, « Changer-la-vie » *(puf ! puf !)*, slips Kremlin pubis en crins, culottes Pékin zizi saint-glinglin ! Du nanan tout ça ! Et le pire des pires culots : dire, en arrivant face aux morts, « puf !, puf ! » en se tenant les côtes, n'en pouvant plus. Oui : ossements définitifs, etc.

Ici alors peut s'ajouter en vue d'une composition finale du manuscrit « Louve basse » une autre forme, tout aussi théorique (tout autant...) de *lessivage* de l'histoire de la littérature (de L'HISTOIRE DE LA LITTÉRATURE, n'est-ce pas ?), testament, affectant purulence et mensonge délibéré mésalliance, révisosseux aussi, croûtes crapuleuses, cerveaux-osseux & —————————— DONC REGARDEZ !, VOICI L'HISTOIRE DE LA POÉSIE TELLE QU'ELLE N'A PAS FINI DE NOUS FAIRE CHIER, TELLE QU'ILS SE LA DÉROULENT TOUS DE LEURS DOIGTS MOUILLÉS DEPUIS 2000 ANS, POUR FAIRE CHIER LES ENFANTS DES ÉCOLES À COMMENCER PAR LES MIENS QUI N'Y POURRONT RIEN EUX NON PLUS, PARCE QU'ON NE LEUR MONTRERA JAMAIS COMMENT NI À QUEL POINT — COMMENT NI À QUEL POINT ! — DE CES TREMBLANTES MAINS-LÀ, ILS AU-

RAIENT PU ÉCARTER LE RIDEAU DES GLAIRES ET SE VISSER AU CŒUR UN SOUPÇON COLOSSAL (cf. « il y a encore en moi une langue rouge merveilleuse », etc.), LA VOICI :

(un silence, le temps que la bobine se mette en marche) (ma voix, au sortir de la cassette) (bande Grundig C60, low noise, fort ronflement quand même derrière)

Des atomes de poussière tiède dansèrent[1] dans le soleil ; *(et d'un !)*

Le chemin se mit à monter un peu, épousant une légère ondulation du vallon, un sentier plus étroit que les autres, tout envahi par l'herbe qui poussait, longue et touffue des 2 côtés de profondes ornières ; *(et de deux !)*

Derrière la haie, juste en face de la porte du jardin, de l'autre côté ; *(et de trois !)*

Une grande route bifurquant vers la gauche tout au haut non fangeux des collines, et de là-haut foncèrent les proies, grues et perdreaux attroupés ensemble ; *(et de quatre !)*

Les perspectives des prés en pente qui apparaissent toutes les fois qu'elle longe une barrière, une étrange lumière diffuse d'un vert liquide, au-dessus de leurs têtes, sembla imprégner les étendues grises du ciel. L'immense plaine avec les taches vert olive de ses marais, le vert mousse de ses prairies, se perdait dans les lointains pâles et tristes de l'horizon, tandis que d'énormes troncs de saules à demi déracinés s'appuyaient à de vieilles clôtures couvertes de lichen ; *(et de cinq !)*

Les mares mélancoliques des carrières et des fondrières aux mousses livides ; *(et de six !)*

Les rides d'eau croupie ; *(et de sept !)*

Ses innombrables méandres, ses berges en surplomb, ses trous, ses courants, l'extraordinaire diversité de forme

1. Ces 29 phrases sont tirées, entre autres, de Conrad *(Une victoire)*, Powys *(Wolf Solent)*, Robbe-Grillet *(La Jalousie)* Aragon *(La Semaine sainte)*, Gracq *(Un balcon en forêt)*, Hawkes *(Les Oranges de sang)*.

des racines, des branches, des plantes terrestres et aquatiques qui variaient son cours ; *(et de huit !)*

Derrière la haie, juste en face de la porte du jardin, de l'autre côté de l'allée ; *(et de neuf !)*

Un coléoptère d'un vert éclatant, puis une touffe de petites pâquerettes coiffées de pourpre et sur lesquelles un solide chardon sans fleur jetait une ombre légère et patiente ; *(et de dix !, chapeau !)*

Un vaste aqueduc de pierre rose et surélevé, couvert d'une mousse noire et brillante, le guida à travers les pâturages et il vit se succéder les peupliers et les ormes, les fossés marécageux et les digues de bois, les étables abandonnées et les barques à demi submergées, les hautes haies de prunelliers en fleurs, d'autres haies basses et touffues d'aubépines à peine en bouton, les gros bœufs placides au pelage roux et luisant, aux cornes immenses, et les vaches tendres et mélancoliques aux yeux embués, aux flancs soyeux tachés de brun et de blanc, quelquefois de marron sale ; *(et de onze !)*

Une couche épaisse pour l'accueillir, sèche et propre de fougères jaunes de l'automne précédent, un sentier plus étroit que le précédent, tout envahi par l'herbe qui poussait, longue et touffue des deux côtés de profondes ornières, la compagnie enfin du volcan dans l'ombre nocturne, ombre que l'on eût crue souvent trop épaisse pour laisser passer un souffle d'air ; *(et de douze !)*

Des toits vagues au-dessus d'une végétation épaisse elle aussi, les ombres brisées des clôtures de bambou dans les hautes herbes luisantes, vestiges d'un bout de chemin perdu sous le gazon, descendant parmi d'âpres buissons vers le rivage et, sur cette mer, se détachant en noir, une sorte de jetée ou une digue, couleur d'encre sur sa face obscure ; *(et de treize !)*

Un matin de mars exceptionnellement doux, apportant le parfum des jeunes pousses vertes, des fossés boueux et humides, des taillis de noisetiers pleins de mousses mouillées et des primevères dans l'herbe tiède au pied des haies ; *(et de quatorze !)*

Les masses arrondies de nuages ; *(et de quinze !)*

Les prairies luxuriantes, les rivières lentes et brunes qui tourniquaient parmi les ormes têtards ; *(et de seize !)*

Une dizaine de très gras pâturages remplacèrent les parcs à moutons et les sèches collines calcaires, des vergers clos les vastes champs de blé, des chênes moussus et séculaires les buissons d'aubépine dénudés et fouettés par le vent ; *(et de dix-sept !)*

Le scintillant soleil, ô gloire formidable ! *(et de dix-huit !)*

L'aspect de certain vieux mur au bord de l'eau et de touffes de feuilles en fer de lance dans le courant rapide, les renoncules d'eau sur des étangs ventés, et puis enfin le clapotement des poules d'eau ; *(et de dix-neuf !)*

Un de ces soirs de printemps qui ne sont ni dorés par les rayons directs du soleil déclinant, ni nacrés par leur réflexion indirecte et diffuse ; *(et de vingt !)*

Un vent froid s'était levé couvrant le ciel d'ouest d'une épaisse masse de nuages en forme d'arbres abattus ; *(et de vingt et un !)*

La route qu'il suivit, droit vers l'horizon de l'ouest, où la pluie menaçait, traversait le versant sud du plateau labouré, du côté où, immanquablement, il se termine par les collines et les bois ; *(et de vingt-deux !)*

Une route de campagne se perdait entre des rangées d'arbres semblables à ceux d'un parc et des perspectives de mystérieuses allées en terrasses ; *(et de vingt-trois !)*

Un matin de pluie et de nuages chassés par le vent, et en même temps cette journée mélancolique avec ses ormes agités par les rafales, les haies bien feuillues, beaucoup d'arbres dénudés, surtout les chênes ; *(et de vingt-quatre !)*

Des touffes de ficaires luisantes ; *(et de vingt-cinq !)*

Des troncs neufs, non écorcés, rectilignes, coupés d'avance à la bonne longueur ; sur le flanc opposé, les palétuviers ; on n'aperçoit pas le sol entre leurs panaches touffus de fines lamelles de feuilles vertes ; cependant on y suit encore distinctement l'entrecroisement régulier des lignes de plants ; *(et de vingt-six !)*

Dans certaines parcelles de replantation très récente — celles où la terre rougeâtre commence tout juste à céder la place au feuillage — il est même aisé de suivre la fuite régulière des quatre directions entrecroisées suivant lesquelles s'alignent tout droit les jeunes plants, en allant chacune vers un grand tilleul ; *(et de vingt-sept !)*

Des maisons peintes au bord d'une eau noire, avec des toits en escaliers, et des petits rideaux blancs à pompons aux fenêtres, des cheminements d'hommes chargés de bois dans des hottes à même l'épaule, un bateau qu'on devine à ses pavillons au travers d'une nature qui faisait écran, la cour poussiéreuse dont l'empierrement inégal laisse affleurer des zones de cailloux sur la terre nue du jardin, l'ombre du pilier faisant maintenant un angle avec l'ombre ajourée de la balustrade, « etc. » ; *(et de vingt-huit !). Ah ! j'oubliais :* le reste de la cour est blanc de soleil...

La rivière lente s'était enfoncée d'abord entre des épaulements de collines couvertes de fougères et d'ajoncs, les versants des forêts jaunes mordant de plus en plus sur le bleu très pur de l'après-midi d'octobre, et le long de ses bords, les arbres dégageaient seulement un étroit ruban de prairie, aussi net qu'une pelouse anglaise ; *(et de vingt-neuf !)*

Autrement dit :

CONFESSÉ LE 23 AU P. HILDEFONSE LICHTENSTEIN

Paul Claudel, *Journal,* décembre 1910.

Je me lève, les mains posées à plat sur les bords de la machine à écrire (on vient d'ensevelir un jeune homme à Rostock. Pensant qu'il était catholique, on l'avait déposé dans un cercueil avec un crucifix dessus. Sa mère débarquant alors dit qu'il était protestant et le fit déplacer du 1er cercueil dans un autre qui avait un calice gravé dessus. Et la municipalité, qui ne savait quoi faire du 1er, le mit aux enchères. Mais personne ne voulut l'acquérir), je vais dans la pièce à côté, le salon, et j'arrête l'électrophone. Je range le disque (COULEURS !), je me passe les doigts dans les cheveux. Il faut que cette musique cesse ! :

« et moi je pleure longuement, l'eau tiède sort du coin de mes yeux sans interruption, je pense au *Mécrit*, mon cœur est atteint et mes vêtements sont en feu »

et j'ai mis intentionnellement cette phrase entre guillemets pour qu'on ne croie pas que ce sont des choses qui arrivent à l'auteur du *Mécrit*.

(Je mets l'autre face du disque.)

L'Hermès 3000 remet ça. Mes mains convergent des bords de la machine vers le centre du clavier. La musique reprend (COULEURS !). Mes yeux passent distraitement sur le paysage qu'encadre la fenêtre, et le bras de l'électrophone descend rapidement sur le premier sillon *(flash sur une main qui écrit, durée 1/2 seconde, flash sur le bras qui descend, durée 1/2 seconde)*, mes mains s'élèvent et retombent lourdement sur le clavier de la machine à écrire.

Pound, pour commencer, puis, Cummings, Olson [1] *: les dix dernières années de travail antipoétique de Denis Roche se situent à la suite, et sont la conclusion, le point de non-retour, des trois pourrissements précédents. Pour-*

1. Le texte en italique est de Severo Sarduy, écrit à Saint-Léonard, daté du 25 décembre 1972 et retranché, sur sa demande, de l'ensemble qui fut publié par moi, sous le titre *Louve basse etc.*, dans *Les Cahiers du chemin* d'avril 1974. Il reprend ici, tout naturellement, sa place.

rissement : dégradation, vol, viol, mise en boîte, pulvérisation, déprédation systématique et généralisée de la notion d'auteur et de son corrélat, le texte « beau », « souverain », « qui fonctionne à merveille » — ne disait-on aussi bien de la peinture abstraite qu'elle avait une « belle pâte », etc. ?

Le mécrit, *comme on médit, comme un acte programmé/manqué d'écriture, pousse le système — le code poétique et ses conventions — jusqu'à ce point extrême où il ne peut plus qu'à la limite constituer une figure perceptible — comme l'anamorphose pour et dans le code de la figuration — : ce point marginal, tangentiel et traditionnellement forclos qui* oblige le lecteur à se déplacer, *et au-delà duquel aucune signification, aucune perception ne serait plus possible.*

Ce que seraient les dépassements (phantasmatiques) de cette limite : 1) la page blanche, 2) le chaos typographique total, 3) un retour à la rhétorique la plus plate, la plus strictement surveillée : les bouquets de fleurs et les paysages au crépuscule.

Ces trois modes de dépassement (illusoire) sont à la fois indiqués et maîtrisés (on pourrait les dire : avalés*) dans le fonctionnement de la machine-mécrit. La page blanche en tant qu'*illisible, *au sens le plus littéral : le mécrivant utilise des « modèles » allogènes (textes venus d'ailleurs, d'autres langues, d'autres cultures, ou bien d'un français en état de formation, non fixé), dont nous ignorons la signification — ils n'ont pas été décryptés — ou à la signification desquels il nous barre l'accès en les réduisant dans la page, en les contractant, comme dans le cas d'un poème gothique.*

Le chaos typographique — distribution anarchique de guillemets, majuscules, coupures à la ligne — intervient comme « marqueur » : indice d'un signifiant de perturbation, « *signifiant flottant* » *ou* « signifiant-souche, baladeur » *qui, par opposition au signifiant maître, régisseur, central, vient* dénaturer emphatiquement *la réception du texte, la pourrir, brouiller l'écoute.*

Le rance de la rhétorique donne au texte du Mécrit *son support, son « sol », mais les tropes, présents dans leur presque totalité, et les prescriptions du code poétique de toute sorte, sont respectées dans un contexte tel, qu'il résulte de cette soumission un virage caricatural : stéréotypées à l'extrême, surexposées, les figures rhétoriques finissent par pointer, plus que l'objet que leur doigt désigne, leur propre vernis, leur arrangement discursif : comme un trompe-l'œil montre, mieux que des volumes et une illusion de profondeur, l'astuce, la* furbizia *de son artifice ; la machine expressive fonctionne avec entrain, mais c'est pour signaler ironiquement la mise au point de ses rouages — ainsi, dans cet autre mécrit exemplaire que sont les endécasyllabes de* Lois, *de Philippe Sollers.*

Ici comme là, l'essentiel étant que le sujet (le mécrivant) qui se laisse secouer par le signifiant sait (ce que tout le nouvel académisme formaliste oublie) qu'il le fait en s'écrivant.

Sabotage inscrit de la métaphysique — et du monde d'expression qui en dérive — par la pulvérisation de l'idée et par le mélange de ce qu'on suppose être son versant matériel (le mot) : autrement dit, Les idées centésimales de Miss Elanize *: c'était le titre emblématique d'un autre livre de Denis Roche. Traité, cette fois-ci, de lutte et rupture,* dans la voix ça se rompt, *qui programme la mort de quelque chose dont on espère avoir assez démontré qu'on avait assez : la poésie.*

1. Parlons tout de suite de ces inscriptions qui servent de modèle ou de sceau à quelques textes du Mécrit *: l'une, chinoise, d'origine mongole, l'autre, étrusque. De la première, tu dis : « son système de fonctionnement par rapport à mes textes » a été si fort « qu'il m'était impossible de ne pas le développer ici » ; de la seconde, qu'elle « joue un rôle non moins évident par rapport à certain poème " inversé ". » Quelle est la répercussion de ces « empreintes » dans le texte dit poétique ? Comment s'établit cette analogie de fonctionnement ? S'agit-il sim-*

plement d'une isomorphie ? Comment « retombe » dans le texte second, le caractère gravé *des deux premiers ?*

2. L'hémistiche, la césure, les coupures en fin de ligne, etc. interviennent chez toi non comme éléments régulateurs du souffle, comme scansion de la voix, mais, au contraire, comme coupe *irrégulière et asthmatique de son flux : son stream tranché « à guillotine, avec encore de la vie en bas ». A quoi obéit cette pratique syncopée de la coupure ? S'agit-il, au niveau du souffle, d'une autre « dénaturisation » ? D'une rétention : comme dit François Wahl, tu coupes la poésie comme le coït (la rhétorique est une érotique) ?*

3. Tu écris un roman. Comment vas-tu transposer dans la « prose » les acquis de ta pratique de déprédation ? Comment pourra fonctionner, au niveau du récit (j'espère qu'il y en a, dans ton roman !) la perturbation et le flottement du « signifiant baladeur » ? Peut-on mécrire un récit ?

4. Dans tes écrits théoriques, il est souvent question de peinture — des peintres qui échappent à l'Histoire de l'Art : Caron, de la Hyre, etc. d'autre part, tu as écrit deux textes pour des sérigraphies de Bernard Dufour. Quels sont selon ton analyse les transports, les échanges, entre le code de la figuration et celui du fonctionnement à vide de l'expression — ce qu'on appelle poésie ? Comment s'opère l'annulation progressive et parallèle de ces deux pratiques ?

5. Dans une production aussi « surveillée » que la tienne — Barthes dit que le système du sens est celui de la liberté surveillée, que le sens ne peut surgir quand la liberté est totale ou nulle —, comment s'inscrivent dans la surface textuelle le sujet « son » désir, « ses » (Lacan rend ces guillemets bien nécessaires !) phantasmes ? Comment se grave *le sujet, dans cette topologie qui se développe à partir d'une inscription gravée ?*

6. Et alors ?

Merci, Severo.

Désormais tu es englobé dialectiquement dans le roman en cours, ton parler (puisque ainsi se trouve *entamée* une correspondance) devenu enfin et irrémédiablement un personnage qui m'appartient.

Je programme donc la phrase qui suit : *J'espère pour moi qu'il ne s'agit là que de rumeurs.* Mais comment y répondre puisque je vois bien que tu ne mâches pas tes mots : *inscription, modèle, sceau, texte ; empreinte,* que je me tue à enfreindre, *fonctionnement, isomorphie, retombée, gravure ; rétention* et *coït,* foulant joyeusement, cavalant déchaînés empierrés artificiers méandreux, enfreignant, chez tous, l'escargot de l'oreille, puisqu'ils donnent, par une douce approximation auditive *rhétorique et érotique* ; et puis aussi : *déprédation, récit,* « signifiant baladeur », ces deux derniers mots de moi, d'une interview faite autrefois par Sollers sur *le Mécrit* et refusée par *la Quinzaine.* Tous, dits ou écrits, dits ou écrits par toi par moi par d'autres, rhombes dispersés au-dessus de l'air empuanti du village, départ de rumeurs, contrariantes odeurs, rhombes empêchés de dire les mots des morts (le premier mort égale éternellement la première musique, n'est-ce pas ?)... Et si c'est pas moi un jour, qui se livrera (livrées de valets, les mots !) au grand festin, au gueulement des fédéraux ? Festins, Fédéraux, quoi !

Et moi gueulant, m'agitant, doigts en spatules pour me retenir en haut du mur, courbant l'échine sous le plafond, criant pour qu'on me décramponne de là (qui croit que ça ne fait pas mal ? Qui croit que c'est une position facile à tenir, celle du *Mécrit,* le brandissant comme une crécelle, gourde vide épuisée, cloque, « sac à cadavra » comme dit l'autre de l'homme qui passe, mais moi qu'est-ce que je pourrai encore en dire si on en est déjà là ?).

Voilà ce que j'avais d'abord écrit :

« Mécrit = festin, rumeur fédérale. »

Moi me les agitant comme un paquet posé le long des haies, le canal, la rangée d'arbres sur l'autre rive dissimulant le Peuple des Chaisières, et tous me criant après. Mais moi je vois flottant vers moi, banderole de fumée grasse passant par-dessus l'eau rougie du canal, des suites de mots, et je déchiffre paresseusement :

« De Festins, de Fédéraux. »
« De Merde festivale. »
« De Sac à Cadavra. »

Vois-tu la fumée du Crétin Président, Directeur Secrétaire paillasson guêtre bâton ferré artère Petit Canif, parquet tout blanc du texte épaissi du Noir Fesse, du Dross [1] de Disette. Couilles Pèquenotes, un drame à Retenir ses Larmes, à Moustique-que-veux-tu, et moi mes lèvres minces et violacées cachant un bec d'os bleu viandeux comme un rasoir, avec lequel bientôt les clients de mon livre pourront témoigner que j'étais *moi* la foule, *moi* les bureaux de la Société Sécrétive Générale, *moi* le panneau qui dit « J'estpère, nous sonspérons qu'ils vont avaler ça », *moi* l'enterrement de ces décombres humains, *moi* le palpement du grand sein rond de l'espace (et si c'était un merle blanc ?) *moi* la défécation de l'amoureuse et les bulles noires irisées qui lui enfournent de la tombe à plein cul ?

Malheur de la merde. Personne n'a jamais dit le malheur excrémentiel. *Moi je le dis !*

Et ça ne fera que continuer, la tombe toujours dressée dans le même sens, la gélatine ordurière trempe dans le lichen tombal, moi je m'en balance, les yeux fermés pour pouvoir crier plus *facilement !*

1. Curieuse rencontre, n'est-ce pas, à l'intérieur de la drogue, entre l'*entame* et le *reliquat* (le dross), d'une part, et l'excès du texte et l'overdose. Poèmes, là-bas, de « L'Overdose » que tu viens de publier en espagnol, chez Inventarios Provisionales Editores.

Et si brusquement on levait le rideau ? Si l'inconnu ne pouvait plus contenir ses forces et s'évanouissait ? Si ce que je te disais l'autre jour était vrai ? Si tout ce que j'écrivais faisait partie d'un plan préétabli, avec tous les épisodes qu'on peut imaginer ? Si c'était aussi absurde que d'imaginer des putains faisant le trottoir sur un trottoir roulant ? S'il y avait là-dedans une cervelle en fuite pour que je t'attrape et que j'ajoute, après le départ des rumeurs, au moment où la cervelle contourne l'arbre et compte jusqu'à cent en s'appuyant à l'écorce, des phrases du genre : « Voilà l'aube sifflante, voilà le ratisseur des rues aveuglé qui pose sur la ligne d'horizon, gesticulant, essayant d'attirer notre attention, *moi* dans la mélasse, inondant les fabriques, urinant sous les porches des revues célèbres ? Et si la scie, le « texte » cramponné à ses dents, n'en finissait plus de défiler, de déferler, de défroquer, de déféquer en laissant flotter sa musique à la surface de l'eau, coincée sous les papiers gras ? Je mourrai sans doute de cet excès furieux, de cet entassement dissolu, de ces fautes mal réparties, de vouloir toujours enfreindre l'idée même d'une *réponse*. Je meurs d'horreur ! Et j'ai le cœur fragile, alors quoi, dépêchez-vous de me faire un contrat !

Pendant que je me repose, entre deux dactylographies, j'ajoute : Je disais que *le Mécrit* c'est le *dross*. Mais tout le monde ne sait pas que le dross c'est le résidu sec noir fendillé au fond de la pipe d'opium, fond de poubelle de 2 centicubes à peine, miss Elanize réduite ainsi à sa plus simple expression, hystérectomisée, faisant partout couiner sa viande pourrie, rasée au niveau du bassin avant. L'ultime escarre enseveli sans pitié, c'est ça, tu ne crois pas ? La réponse : près du ballast, la voie ferrée en fuite dans le lointain, nous tous arrêtés, vieille photo triste, couteau de chair. C'est ce qu'en langage de charcutier les bourgeoises appelent l'*entame* : on met ça négligemment sur le bord de l'assiette et on coupe le reste, que l'on mange. Mais que fait-on de l'entame, Severo ? Qu'en fait-on ?

Je vais te le dire, Severo. Regarde bien l'illustration des pages 94-95 [1]. Extraite d'un livre de contes (de fées ?) chinois. Célèbre, sûrement. A gauche, un mandarin quelconque, à sa table de travail, et qui regarde vers la fenêtre, tournant le dos au texte *en grappe*, en *essaim*, qui semble *travailler* la partie droite de l'illustration. Tu vois ?... Peut-être qu'un jour quelqu'un dira ce qui s'est passé, comme s'il était *déjà* possible de l'avoir vu pendant tout le trajet, comme s'il était *déjà* possible de deviner qu'un jour j'écrirai le commentaire suivant survivant de ma propre mort, de mon ensevelissement dans le désordre enfin, après le départ des rumeurs, en plein cœur de l'essaim, *dans votre dos à tous :*

« Nous sommes dans un paysage qui ressemble à celui de Plan-de-la-Tour *(dans ce rêve du 19 février 1973)* : derrière nous un bois de pins qui va buter, sur la droite, contre un escarpement assez raide et touffu malgré tout, mais qui derrière nous et sur notre gauche se transforme en une pinède accueillante. Des pins hauts, espacés, un tapis d'aiguilles, une pente douce qui descend vers nous et vers la gauche plongeant dans le paysage d'épineux méditerranéens. Mais il se trouve que *nous tournons le dos à ce bois* et à aucun moment nous ne le voyons vraiment. Nous le savons là, il nous sert d'appui, nous en sortons peut-être à l'instant même, et nous sommes immobiles sur sa lisière, sur un talus d'herbe qui longe un caniveau à peine dessiné. Immédiatement après le talus,

1. In *le Mécrit.*

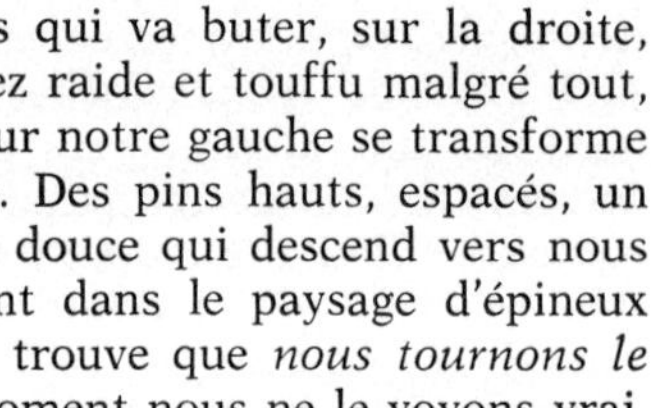

le paysage change, pris en entier par un grand champ fait de sillons profonds et espacés. Entre chaque sillon, très nette sensation que le champ se soulève, se renfle, se boursoufle, échine à peine soulevée, très lisse, bien tassée et qui meurt dans le sillon suivant. Les sillons fuient devant nous, dans le sens de notre regard, vers quelque chose qui paraît plus cultivé (des vignes ?).

« Nous contemplons cet ensemble avec un sentiment de grand bonheur, tout en demeurant avec les autres au bord du champ. Je sens les autres, répartis face au champ, et qui regardent tant qu'ils peuvent, immobiles mais très vivants. Je suis en même temps au milieu du champ, sur l'un de ces légers renflements entre deux sillons, et je *sème*. Plusieurs personnes m'imitent, mais ce ne sont pas les mêmes que sur le talus. Tout le monde a l'air surpris, mais moi seul appartiens aux *deux* groupes. Nous avons une manière de semer très curieuse, et très précise : je me penche vers un tas de poudre verte (du gazon coupé et séché ?), j'en prends une pleine poignée et viens la disperser un peu plus bas, toujours au même endroit, en prenant bien soin de la piétiner en l'effleurant du bout des pieds. J'explique longuement à ceux du talus (et parmi eux, à moi-même) le geste auquel je me livre, je démontre son utilité en recommençant sans cesse au même endroit, en mélangeant des poussières différentes, en les superposant d'une façon très minutieuse et très compliquée. D'autres personnes, disséminées à travers le champ, font les mêmes gestes, mais rapidement et sans application. (Ici une interruption qui me concerne, sans rapport avec le récit.) Alors la cérémonie des semailles se termine tandis que chacun sent naître en lui le besoin de se diriger vers l'extrémité du champ. A ce moment, devançant tout le monde, et comme se détachant de notre groupe, paraît une vieille femme qui tient un grand cheval gris et blanc par la bride. Nous ne la voyons que de dos et sommes impuissants à éviter ce qui va se passer et dont il est impossible de dire s'il s'agit d'un événement catastrophique ou non. La vieille femme traverse le champ. Elle a un fichu terne sur la tête, ou peut-être un chignon gris. Elle semble très heureuse et, suivie du cheval qu'elle maintient constamment à sa hauteur, elle suit la pente du champ qui s'incline maintenant vers un paysage maritime. Arrivée au bord de l'eau, et alors que tout le monde s'attend à la voir s'arrêter et *se retourner vers nous*, elle s'enfonce dans l'eau calme, suivie du cheval. Tous les deux disparaissent, et nous on reste derrière à se regarder, partagés entre l'envie et la peur. »

Voilà. Seulement le Peuple des Chaisières, qui a comme chacun sait le cul plutôt lourd, empêche de voir ce qui se passe de l'autre côté du canal. En tout cas, toutes les empreintes y sont, dans mon livre. Jusqu'au jour où on verra *vraiment* mon bec d'os bleu viandeux comme un rasoir. Tout le monde, jusque dans ses rêves, mettra la main à la pâte et aidera au pourrissement définitif du Mécrit. Mais je ne serai plus là pour le voir.

Amitiés.

10.

A conduire à la mort et à parler d'elle, on arrive heureux à ces champs de terre maigre envahis de trous à demi comblés et où l'idée même d'*intuition* (la mienne : au point de vexation critique de la langue), comme n'importe quel autre mouvement du corps, n'est pas tout à fait étrangère à mon geste d'homme excédé : un grand coup du tranchant des avant-bras ! Planté ainsi sur mes jambes et face au paysage, et fauchant ainsi toute l'illusion stupide et merdeuse que des générations à la petite semaine y ont accrochée tout autour, comme les serviettes hygiéniques sur les grillages des faubourgs : voilà un programme, ma langue tendue au dégoût, et un tout petit peu des fièvres des gros chevaux qui roupillent sous ma table. Vociférations en plus, détrempées et malmenant les ondes dans l'appartement, depuis le bruit le plus violent qui est dans le fond de l'utérus avant de percuter l'angle du vagin, de s'agiter à toute pompe au passage du cul de poule, et puis l'impact immédiat : clabaudages d'idées vaguement sonores, du genre (auquel je me tiens, en lecteur fraternel de Nabokov) :

« Tiens, encore un peuplier qui tombe à la renverse... »

Ossements définitifs sur la colline.

Il s'agit donc ici de danse[1] — comme à travers tout mon livre la louve s'y livre, avec incorrection, « puisqu'elle est le mal ». Et avec ce léger chuintement, qu'on reconnaîtra dans la construction de certaines phrases, que font les babines en se retroussant.

Aux 3 angles, aujourd'hui, de la scène : la louve, moi les jambes droites et face au paysage de verdure et de champs maigres, et puis d'autres en livrées diverses selon les besoins.

L'un d'eux, même, parle :

— Ils dansent, ça les occupe ; ça dénoue leurs muscles douloureux comme si l'émiettement de leur pouvoir avait fusillé de petits grains l'intérieur de leur torse et de leurs cuisses. Ils croient que leurs contractures, au-delà d'un certain degré de tension, peuvent s'échapper de branche en branche sur les arbrisseaux et fuir comme ça les ossements goulus (! ?). Et puis la danse mime pour eux en secret le « Non ! » qu'ils ne peuvent dire à ceux qui les entourent.

— Comment ça, « ceux qui les entourent » ?

— ... et la danse mime aussi les meurtres qu'ils n'osent commettre.

L'enseignement et les conversations durent toute la nuit, 3 étages plus bas, mais la rue étroite forme caisse de résonance et, sous le ciel ombrien qui entre à flots dans la chambre comme la poudre de riz prise dans les tourbillons du mistral, je danse parce que j'ai peur, et je

1. Dans ce chapitre particulièrement, des « tarentulés » de l'Italie du Sud qui dansent, jusque sur les autels des églises, acheminant et musicalisant du désir. Cf. Thésée et la danse des « grues » page 134 ; cf. aussi Orphée et la dérive de sa tête chantante, avant l'épisode de la rivière « Porc » page 94.

manie jusqu'à épanouissement ma carcasse d'avant en arrière et d'arrière en avant, de mes talons à mes orteils et vice versa. Dans mon pantalon, droit comme un pin, les bras levés en l'air, soufflant et pinçant les rideaux, cabriolant devant la glace, faisant des entrechats avec ma paire de jarrets, suant et ruisselant, je suis comme un homme qui sort de la mer sur la plage et s'ébroue comme une baleine parce qu'à un moment il a crié : *suonatemi* (faites-moi de la musique !). *Favretto, où es-tu ? Tu savais que tu devais mourir et tu t'es laissé infliger tout cela dans ce beau moment*, etc.

Psalmiste ou crooner, où est la différence ?

Et pendant ce temps-là, Actéon avait été dévoré par ses chiens, ayant été transformé en cerf par la fureur d'Artémis qu'il avait vue nue dans son bain. On raconte qu'après l'avoir mangé sous sa forme de bête, ses chiens l'avaient cherché à travers la forêt qu'ils avaient remplie de leurs hurlements et de leurs gémissements, pendant plusieurs nuits eux aussi. En fin de compte, seul Chiron, le centaure, avait réussi à les consoler, en façonnant pour eux une statue à l'image d'Actéon [1].

Suonatemi !

Et sur mes pas le roseau bruyant à la gaine de cire fait entendre son assoupissante chanson. Hélas, hélas, où m'entraînent de si lointaines errances ? (Eschyle, *Prométhée*, 566 et suiv.)

Suonatemi ! Faites-moi de la musique !...

Coutume chorégraphique, distillation ambiante de mouvements, de heurts parlés et chuchotés, de cris de ma gorge enflée, de mon mal et de ma gloire comme des

1. Tout cela se passait sur une montagne appelée le Cithéron, du nom d'un roi qui fut piqué par l'un de ses chevaux transformé en serpent par l'une des Erinyes dont il avait méprisé l'amour. Elle s'appelait Tisiphone, « bruit qui excite ».

jappements de belette amoureuse. Levée en masse du texte sous les bandes d'écriture ! Ma danse bien spéciale (personne ne suit), mon inégalable et amoureux amour de tout ce que j'ai à dire et qui serpente comme un triton moite ou qui pend mort et percé de larves translucides sous la lune comme un renard pourri par 15 jours de pluie.

(Ce dernier photographié par mon ami Bernard à la nuit tombante, dans le petit bois de chênes-verts[1] près du Pradié, en plein causse, et tel que les paysans, après l'avoir tué, l'avaient laissé pendu à la branche flexible d'un arbuste, jusqu'à ce que, définitivement lavé par les intempéries, le poids de sa propre pourriture l'abatte sur le sol.)

Rappelez-vous !, essai chanté au-dessus de l'asile vert (*entre de grands arbres accueillants chantés par Foscolo, vert asile,* etc. voir plus loin) : de vastes projets de bruitages et de phrases (la *Symphonie universelle* de Charles Ives prévoyait plusieurs orchestres et des milliers de choristes *venant à la rencontre les uns des autres en descendant des montagnes ou en suivant les vallées*) monuments syllabiques traités en espaliers, cordes à linge capables des mêmes murmures que ceux qui sont poussés dans les draps, ou dans les buissons l'été ; sondes très fines de métal qui, en s'enfonçant dans la terre, attirent à elles les foules de parasites (divers genres à noms composites) et *dégraissent* littéralement ce parenchyme de misère qui obscurcit les voix les plus singulières. Alors, leur permettant désormais de faire le siège des poteaux télégraphiques avec leurs isolateurs de verre délavé, des mâts de cocagne, des « mais » avec leurs pendeloques défraîchies, des pylônes de haute tension ou des pôles acrithermiques, ces épuisettes vocales, ces sondes, ces cordes, ces espaliers sonores, ces lentes dérives de billots musicaux flottants diffuseraient et épanouieraient le tout, procéderaient à de grands claquements qui éventreraient nos

1. Non, dit Bernard : de *chênes !*

ouïes limoneuses et constelleraient des lumières du chahut tout ce qui, dans le paysage, ne serait pas *strictement adéquat* à leur joie et à leur gravité. Ainsi poussés aux fesses, courraient à l'accident les torrents en plastique qui s'allument la nuit, les conserveries de tomates étranglées dans leurs étiquettes rétrécissantes, et les décharges publiques baisées et rebaisées par les municipalités qui s'en foutent.

Suonatemi !

Partout l'apaisement nocturne s'est accru ;
Le ciel noir, encombré d'étoiles, s'illumine ;
De nouveau, promeneur sans but, D.R. chemine,
La pensée en travail et songeant sans faiblir
A cette mission qu'il lui faut accomplir [1].

Someone behind, ça donne :

La villa s'élève sur les bords du Reggalio, entre de grands arbres accueillants chantés par Foscolo, vert asile de la sage Isabella Albrizzi, etc. ——— Qui, *behind*, renchérit quand Klee dit : « Surface = surface de la ligne en marche » ?

Essayons encore, en nous plongeant dans sa *Théorie de l'art moderne* : « Au commencement, la masculine propriété de la secousse énergique. Ensuite la charnelle croissance de l'œuf. Ou encore, le fulgurant éclair, puis la nuée pluvieuse. »

Ici une curieuse phrase de mon premier brouillon et que je ne sais comment redistribuer : *rejetons de notre esprit ce qui forcément est donné par* quelqu'un derrière *la villa, un essai chanté qui glisse fugitivement* au-dessus de l'asile vert, *la queue gluante essuyée à même la culotte de nylon qu'on roule ensuite en boule d'un coup*

1. Raymond Roussel, *Une page du folklore breton*, VI, *Le miracle,* vers 105 et suiv. En échange, on pourra se reporter à la description que je donne de sa mort à Palerme et qui doit se trouver un peu plus loin dans *Louve basse.*

de poignet négligent, tandis que, par les yeux, on s'étend comme une houle mazouteuse au-dessus d'un sac à sang. D'où ces contorsions de sangsue auxquelles se livrent quelquefois les queues qui se précipitent sur des femmes jeunes.

Autre tension aussi, occasionnée par la crainte de se trouver déséquilibré, pendant ces 5 ou 6 secondes[1] où, après avoir descendu son slip et s'être redressé, on marche vers le lit, le pénis tendu servant de balancier avant, contre toutes les habitudes cinétiques du corps, et conscient avec ça que la femme qui est toute nue sur les draps regarde où on en est de notre turgescence et suppute le branle auquel elle devra peut-être recourir.

Dans la brise du paysage : pénis tiépolesque la plupart du temps.

Et migration instantanée de certains contenus de mots qui prennent la tangente, furieux déboîtés, furieux énucléés — on pense, n'est-ce pas, à la *Lettre de Lord Chandos* — alors, fameusement, mes contractions à leur passage, la suite de la musique prolongeant indéfiniment mes palpitations, les enveloppes creuses, les coques illustrées des mots, leurs sacs à cadavre avec matricules passés au pochoir, l'urine monstrueuse de leur mort, *boca negra* aidant, la pestilence parolière mon cher voilà ce qu'il en coûte, se déversant alors sur ma personne amoureuse suspendue à leurs racines dévitalisées, et eux, débarrassés de leurs attaches radiculaires, s'élançant à ras de terre, en rase-mottes, décalottant les meules, étêtant les arbres : vagabonds creux — y compris du dernier tableau — de l'espace estival du *mind*.

Quelle difficulté ! Quelle phrase ! Mais vous m'aurez compris. Ne faites pas semblant : éloignez les peureux ! Portez vos yeux droit dans le cloaque phénoménologique et, sous de jésuitiques prétextes « politiques », n'évitez

1. La somme de ces moments-là représenterait, *au mieux*, un milliardième de la vie d'un homme.

surtout pas la rumeur insolente du sperme qui y vrombit ! Mise en lecture = décharge publique creuse. Quelque chose à l'intérieur de quoi tout a foutu le camp. Restent l'ivresse mentale (vous permettez ?) trouée par endroits de quelques flaques propres aux périnées de l'esprit, et puis, parce qu'elle a toujours un rapport de personne à personne avec le trompe-l'œil, un vrai « arbre » d'angoisse avec triple couche d'écorce et un feuillage qui ne laisse rien passer.

La musique chantée, elle, ne s'en prend qu'aux êtres cassants. Rien à voir avec ce « point de vexation critique de la langue » que j'essayais de faire rattraper l'autre jour à différents vocables, acharnés à se vouloir *dépaysés*, émanations communes de la théorie. Tintin !, en ce qui devait les concerner, pour le dépaysement. Et moi ——— moi j'étais ailleurs : emballé de détritus schopenhaueriens de machines à écrire et de vomis de mélodies, et fumant de peintures ! Et moi, moi j'étais ———

O moi, tu étais donc cela : échappées de merde non lyriques hors du fondement d'une jeune femme, comme si nous y étions, un peu du jus noir qui encercle l'étron revenant graisser agréablement vers l'avant la touffe formidable de poils noirs qui forme comme un cornet autour de la vulve (noir sur noir ! rafale huileuse malévitchéenne [1] irrégulière !) que j'aperçois entre les jambes ployées : le mouvement préalable en nous, le mouvement agissant, opérant, tourné vers l'œuvre, et enfin le passage aux autres blocages (douchages des matériels), au spectateur du mouvement consigné dans l'œuvre, au terme d'une longue donnée de la décantation dramatique ou inversement, et, ainsi, par jeu, une interprétation restrictive du couchant, et d'un couchant couleur de dissol-

1. Par opposition au « tiépolesque ». Tiépolesque aussi cette phrase de Malévitch : « Les concierges de cimetières, préposés à la garde des monuments du passé, trouveront des eaux miraculeuses, cimenteront à l'aide de la modernité leurs os décatis et couvriront à l'envi nos places rouges vivantes de constructions. » A Smolensk, 1921.

vant particulièrement. Observons, si vous le voulez, la manière dont, *par peur* et par jeu logorythmique, un glissement verbal de contenu et d'énonciation a pu se produire, depuis les mots « que j'aperçois entre les jambes ployées : » Surtout que ces « : », qu'est-ce que c'est ? Moi je dis : une planque. Un mur mitoyen entre son propre esprit, qui fonctionne beaucoup à l'opaque, et l'autre, celui qui pose toujours des questions stupides et passe son temps devant le baromètre ou au commissariat. Il faudrait que le lecteur en soit averti, considérant que les « : » il ne les voit jamais que par la tranche, alors que chaque portion de la phrase, celle qui est avant et celle qui est après la ponctuation, voit ledit signe de face (pour la portion de phrase *en aval*), si l'on considère le le sens de la lecture, ou de dos (si l'on se place *en amont*). Mais à quoi ressemblerait alors la chose? A un « = » ? Joyce s'est posé la question, ce qui me fait marrer et la Panthère rose aussi (The Pink Panther's Cartoons, you know ?), et ce qui ne l'a pas empêché (Joyce, pas la panthère) d'écrire : « L'artiste, comme le Dieu de la création, reste à l'intérieur, ou derrière, ou au-delà, ou au-dessus de son œuvre, invisible, subtilisé, hors de l'existence, indifférent, en train de se curer les ongles. »

Mwouars !, que tu dis, fresquiste !

Peur ! Power ! Au travail ! chantons tous son avè-nement...

Lord Chandos, ton exercice criminel t'aura rafraîchi !

Un soupir au bas du dos enfoui dans de la paille : *no prestamos servicio a los viciosos.* Et le petit opéra trompettard murmure : cloque météo Klee ! Balances nouvelles au caractère sous-préfectoral ! Que le renversement du vieux monde des arts soit gravé dans vos paumes !

Le Temps et la Beauté sont des créatures du monde fantastique tiépolesque. Et de moi par conséquent !

Fresquiste ! Je me prends alors, *dans mes 2 mains,* pour le mouvement normal de la phrase tentée par Proust de la manière suivante : « Le maximum d'écart est atteint, tendu encore à ses extrêmes limites, et varié par ces gestes habituels de la profession qui font des bras, pendant la durée du labeur, quelque chose d'aussi différent que possible, comme arabesque, de ces souples liens qui déjà, chaque soir, s'enlacent à notre cou tandis que la bouche s'apprête pour le baiser. » Et de toute la force de mes bras, ce qui est là, *dans mes 2 mains,* je vous le jette à la gueule : baba-au-rhum moisi gigantesque ruisselant et laissant s'échapper des jets : la Madeleine oui, *l'église de la Madeleine* ! On en reparlera !

(divers remue-ménages)

No prestamos servicio a los viciosos ! Ma plainte, mon bruit de doigt *(hurlé :)* BOUFFIS !

Cela étant, remarquez mon entreprise dans sa syntaxe qui fait cogner l'esthétisme comme un joint de fer disloqué contre un wagon en pleine course, et comment depuis le début de ce texte, la marche, séquence après séquence, a été brisée et la compréhension progressive, et comment le piège (celui-ci, contrairement au « : » marche dans les quatre directions de l'espace) est constant. En somme : l'écart !, ô saucisses d'observation ! On pourrait hurler le tout, au lieu d'un mot par-ci, par-là. Ou bien vous pourriez essayer de remédier à l'obscurcissement qui vous prend si vous vous croyez assez fort pour comprendre ce qui s'est passé (strictement littérairement parlant) entre, mettons l'*Organt* de Saint-Just et *le Souper de Beaucaire* de Bonaparte. Hum !, autant vous intégrer tout de suite à la manif avec un paquet de cartes postales sous le bras !... Or, l'obscurcissement, lui, ne se fait jamais au détriment de cette vue imprenable (IMPRENABLE !) qu'on a sur certains ossements définitifs sur la colline, un peu en arrière des maisons.

Poursuivons :

« A l'aide de Gilberte j'aurais pu aussi peu me figurer Albertine, et que je l'aimerais, que le souvenir de la sonate de Vinteuil ne m'eût permis de me figurer son septuor. »

(silence divers)

Poursuivons :

Derrière un mur de la villa :

Esquisse pédagogique : bourdonnements, remue-ménages divers de la colique sortant en fusées discontinues de l'anus de la jeune femme qui s'est accroupie en transpirant, le bras droit posé sur un banc de pierre brûlant encore de chaleur. La honte d'être ainsi surprise dans ce saccage et, tout à fait abstraitement, une brise (impossible sous ces latitudes et dans cette fournaise) qui lui retrousse le visage quand elle s'aperçoit que je la regarde de très près, voilà 2 éléments matériels plausibles. Puis il y a comme des claquements de langue secs quand des morceaux de merde plus dure franchissent d'un bond le sphincter éperdu (tout à son travail et à ses couinements). Sur l'herbe écrasée dessous, des fourmis engluées remuent avec une lenteur calculée. Je prends des photos pendant qu'elle reprend son souffle avec dans l'idée, comme en fond d'objectif, une image bloquée de texte, ce que j'appellerai plus tard, au moment où il sera écrit, un texte *plombé,* contours irréguliers, tentations de déraillages, etc. L'image reparaît, tandis qu'elle se relève haletante, avec toutes sortes de précautions, le visage se reformant, les figuiers de Barbarie, le banc, la muraille de la villa aux plafonds peints de grotesques refaisant surface à leur tour. ———— à composer, indiquant les lignes remaniées pour enchaîner directly, *now I'll show you what this job can do* :

C'est un brillant venteux matin à demi-lune bleu-de-Chine dans le ciel et *Ariane dormant* s'abandonne délicatement au sommeil, étendue sur le lin, et des amours ailés veillant autour d'elle (« Le chemin qui mène de l'éthique à la politique est parsemé de cadavres »). On devine le silence du paysage fabuleux : l'île de Naxos, l'exotisme théâtral d'un sphinx de pierre et des constructions qui servent de fond. Une nature minutieuse et recherchée, faite de touffes, de feuillages, de cystes, d'autres buissons épineux, accentue encore l'impression désastreuse de la scène. Tout ce qui décore les murs est placé à la hauteur des spectateurs, l'espace semblant ainsi se dilater au-delà des arcades et des colonnes, donnant l'illusion d'un horizon lointain et clair dominé par des galeries, des arcs de triomphe et des pyramides. Une lubie de masse, à quoi nous mène ce boulot plus la vue plongeante, depuis la pièce où j'écris, sur le jardin de l'Institut des sourds-muets.

Gombrowicz :
« Lui avec une jambe nue et elle avec une jambe nue. »
et plus loin :
« ... ignoriez-vous ce détail de ma biographie ? »

Ecrivains engagés, avec vos dos ocellés, la photo vous départagera. Comme les « yeux » sur le bouillon. Moi avec une jambe nue et elle enfin torchée grâce au double d'une facture d'hôtel et calmement venue s'asseoir à côté de moi.

— Qu'est-ce que tu fais ?

— ...

— Un petit morceau ?

— Mum, j'essaye d'échapper à toute effusion lyrique bourgeoise *(poil au zoise !)* avec des tas de petits morceaux qui sont de fantastiques départs lyriques en soi *(poil au foie !).*

— Ah !

— ...

— Et ça marche ?

— Comme dit Malévitch : « La création dynamique silencieuse de l'édifice du nouvel art de l'image rouge du monde est arrivée. »

Depuis 37 ans que mon corps danse son lent spaghetti de mort, qu'il le sent s'échapper hors de ses trous, furtivement, et napper ses pas, les voiler de couleurs et minauder à travers cet arachnéen comportement, ce délire ambulatoire psalmodié, les événements les plus insupportables, je ne sais plus où trouver un « sujet » suffisamment décarcassé de l'amidon glotteux pour qu'il se traîne enfin demandant pitié à son exploiteur. Je n'ai pas, moi, cet œil fou, cet hiatus béant, avec une prunelle palpitante et des fibrilles roses sur le globe poli ! Et si ma phrase vous paraît emberlificotée, craignez le *spaghetti,* le rongement des sols que j'ai connus. Les faibles croiront voir dans tout ce livre des différences (gnoséologiques, hum !), ou, s'ils me connaissent un peu (quelques faibles me connaissent effectivement), à tout le moins une invitation au dernier supplice en date que nous sommes quelques-uns à tenter d'infliger au discours besace : pourquoi pas ? Mais rien ne résout cet ici obturé et clochard, étayé par une agonie filandreuse, *même sans musique.*

— Et ça marche ?

— Bizarre non ? un constat d'échec et de peur *qui marcherait* ! ?

Bilan de culture.

Même si j'ai acquiescé à votre désir d'entendre ma voix de crooner, le *boca-leitmotiv* (véritable assaut perspectif), qui était si ardent dans tout ce que je recherchais, la seule activité manifeste par où j'étais sûr au moins d'échapper moi-même à la longue série de trompe-l'œil à laquelle je vous ai conviés, mettons depuis *les Idées centésimales de Miss Elanize,* ce qui fait une bonne douzaine d'années, vous et vos machines à écrire qui n'*étiez* pas de la bonne marque ! « A la mode de moi-même », comme disait Flaubert. La raison humide et sa caquetante théorie marchant à la remorque des gros nœuds de peuples en cours d'enflure et projetant à la hauteur d'une haie moyenne ses orgasmes fantoches, *ta ta ta* ! Débusqué ! DÉBUSQUÉ ! : Mouvement Annulaire Des Figures De Gros Pigs, celui qui est encore proche de nous ; Voûte Des Béatitudes, Rocaille Echevelée Mêlée Intimement A La Coupole Jéhovahesque, Les Doigts Dans Le Nez Dans Le Repos Des Boi Hayaux ; Orbes Elliptiques De Képler Dans Le Tracé Le Plus Fuligineux, et le *couèt* ! *couèt* [1] ! qui passe à toute vitesse tandis qu'on entend encore la phrase : « et les faibles croiront voir une différence », etc. ———————————— et moi iguane politique, il y a encore en moi une langue rouge merveilleuse *(ma gorge !)* et moi iguane politique (*boucan, suint femelle !, tu sens l'orange, l'asperge, tu sens le sang !* et ainsi de suite), crêté jusqu'aux tempes de minuscules ventilateurs orgasmiques, iguane à cent lieues de sa base, mis à tremper jusqu'à mi-cuisse dans les canaux jaunes barattés par le passage millénaire des anguilles en Polésine [2]. Disons entre Ariano et Commacchio, plus exacte-

1. Cf. page 134.
2. Région de marais et de vastes terres affermées dans les bouches du Pô : silos classiques en brique rouge, villas à peu-

ment entre le restaurant des Deux-lions du premier et, du deuxième, la série : *Via Agatopisto ed ospedale S. Camillo, Santuario di Maria SS. in Aula Regia, il Duomo, Via Agatopisto* encore, *Ponte Pallotta* et enfin *Via Lupe santo.* Oui, entre ces deux (les faibles croiront, etc.) cet étrange écart entre « usage » et « usure » où se mouvait mon savoir et se crispe aujourd'hui encore ma crête, écart de temps d'un passage très bien chronométré où, dans la perfection nitritique de mon cerveau d'écrivain s'est composée une fois pour toutes cette gigantesque diphtongue gélifiée que, pour des commodités de publication, je résumai sous la forme d'un livre intitulé *le Mécrit.* Entre Usage et Usure j'avais lâché la purée et saisi l'écart en train de se faire, l'empêchant quoi !, le prenant au crâne ce hardi *point-virgule* dérapant sur les talons en plein dans la course qui fait fumer le bitume de Sa Sainteté Radieuse et Bondieuse de l'Esprit : le critérium voui voui, les six-jours hourrah, le Paris-Strasbourg youpppeeeeee du Whole Lenin's & Freud's Fest —— (génitifs, *my ass* !) doigts de pied en éventail, casseroles au cul et vent dans les voiles, mais qu'importe puisque je serai immobile !

Les faibles croiront voir là... Mais rien n'est pareil, je me repose.

(*légère parole attardée sur un registre bas,* sostenuto :)

Ha ! bois ! Ha ! ma jambe qui tape ! Ha ! Ha[1] ! flaques...

(ou encore, voix lourde en fin de partie chantée :)

HA ! BOIS ! HA ! MA JAMBE QUI TAPE ! HA ! HA ! FLAQUES...

---

pliers, chaleurs installées au ras des mottes de part de d'autre de petites allées autour des maisons.

1. « Dans l'art des jardins au XVIIIe siècle, il est un élément désigné par le vocatif de la stupeur : le *Ha ! Ha !,* c'était le saut-de-loup qui au bout des allées interrompait le mur des parcs pour ne pas couper la perspective, ce qui chez les promeneurs, amenés au bord du fossé sans qu'ils l'aient distingué, provoquait une exclamation. »

Course précipitée vers la langue qui tue.

Ha ! bois (trompettes, sureaux tubes croupis Pan inoculé anthrax farineux freinant et obstruant, coulée du pus tirant vers le bas la levée en masse des mots).

Ha ! ma jambe qui tape ! (l'énervement de l'attente, casus belli louve chérie, la scansion de la colique qui passe le détroit, on dirait que voilà la denrée alternative de mon esprit).

Ha ! Ha ! flaques du mondial potager ! oui, oui, les flaques et mon monologue à alouettes. Plus personne n'y peut le moindre abus, l'iguane règne en maître sur le jeu perspectif effroyable auquel je me livre déambulant dedans, dans la basse danse minutée, spaghetti de mort, crevant de fureur et de peur malgré le petit bout que je me répète tout le temps pour me rassurer : « les faibles croiront », etc.

En Polésine on voit de grandes couvertures de couleurs qui pendent depuis le dessous des nuages ou qui ondulent dans la pluie qui fait très peu de bruit. L'Italie n'en a pas fini de nous réabsorber par capillarité, mais il ne me paraît pas inutile d'y aller quand même pour jeter un coup d'œil à ces couvertures qui déploient leurs coins et donnent des claques, quand elles ne sont montées qu'à moitié à des arbres comme les ormes ou les charmes près des maisons. On va ensemble à la dernière *fermata* (l'arrêt d'autobus) où on ne peut plus lire le nom de l'arrêt tellement les gens ont écrasé de moustiques sur le panneau de fer émaillé. Voyez-vous mon cher : long chant fumeux paroleux chapeletesque sur le confin coloré, sillonné, à la fin des heures chaudes, par les mouches à merde qui sont si belles en Polésine que certain castrat, célèbre autrefois à Assise, en faisait venir par petits paniers de métal dans lesquels elles pouvaient bruire à l'aise tandis qu'il les écoutait et les regardait avec envie, pour les croquer purement et simplement quelques instants avant de monter en scène.

Fameuses chanteuses ! Et les mêmes sons envoûtants étaient émis par ces nappes de *couèt-couèt* concédées par l'esprit à ces régions, dans son désir d'agape langagière. Mais comment l'esprit, me direz-vous, et à propos de quelque idée de nourriture tangible que ce soit, peut-il laisser échapper des « nappes » de ces oiseaux bornés auxquels Buffon donna pour nom scientifique le son même — et quel son ridicule en plus ! — que produisait leur chant ?

— Par désir d'ostentation peut-être ?

— Parce que, maintenant, vous prêtez du « désir » à l'esprit, et de la soumission à la langue ? C'est un peu gonflé non ?

— *Ksss ! Ksss !*

— ...

— Voilà le bus, on en reparlera.

11.

Sister chien.

(plaf !) « début de l'enregistrement », un 20 octobre.

On commence par Byron parlant de sa mère morte : « En regardant cette masse en putréfaction qui était l'être d'où je suis sorti », etc., etc. On poursuit par : « J'ai l'illusion que quelque chose adhère à moi, une chose douée de poids, de rondeur, de plénitude. En ce moment cette chose semble constituer ma vie. Si c'était possible je voudrais la cueillir et vous l'offrir tout entière et complète comme une grappe de raisins. »

Pousse alors le corps Rosé-Bulleux de la parole, arrogant farceur que je suis de m'y laisser aller à mon tour après avoir partout prévenu tout le monde, un peu au-dessus, un peu au-dessous de la ceinture, et cruellement m'avançant en opérant l'intérieur comme le cancer qui aura raison de Freud s'avançait à travers sa mâchoire dans le plus grand silence, le grignoteur au ralenti pendant près de 20 années.

Continuons jusqu'à glossolalie irréductible ! :

(l'action se situe dans la chambre de Roussel :)

« Exposé, vulnérable, accumulant large tour d'horizon sur large tour d'horizon, très inquiet, je me rends compte *(coupe !)* grand tas de dernières odeurs de cette odeur-là qui révulsa si fort le valet de chambre Orlando qui servit Roussel qu'il s'en souvenait encore 30 ans après. »

« Au ras de l'horizon, filets de *strong larghettos* comme c'est laborieux d'en arriver à l'odeur. Et on dirait que c'est de leur agitation invraisemblable que naissent ces nuages qui viennent sur nous en poussant devant eux des *couèt-couèt* racoleurs. Des camionnettes Chevrolet ouvertes qu'on appelle *pick-up* opèrent une savante démonstration de dispersion à l'approche des nuages et, à l'autre bout du ciel, les faîtages sont roses et mauves. Nous on est au milieu, on file par le travers du coloris de la viande et des os, tandis qu'affluent des quantités de silhouettes des deux côtés de la route en suivant les talus qui sont de part et d'autre des canaux, en se servant de leurs bras comme de balanciers et s'aidant les uns les autres pour que personne ne reste en arrière. « Auditeurs ! » semblent dire ces visages qui s'avancent dans la lumière incertaine alors qu'à l'autre extrémité de leur corps *(coupe !)* ; « Auditeurs ! » clament-ils, en tout cas on le jurerait : ces visages de desperados non ailés comme les *couèt-couèt*, ces visages qui ressemblent à ceux de rongeurs qui auraient perdu leurs poils, retirent lentement leurs masques et s'avancent sur le proscenium au ras-bord de la rampe. Ce contre-relief inattendu déclenche alors l'accalmie qu'il nous fallait avant l'aria : « Ah senz' arme son io ! »

« Du haut du ciel débouche Sister Chien :

> A chaque coït qu'elle eut, un rat ! *Ah senz' arme son io !* Mon cœur en crève : sale opéra ! Il crève quand même. Comme c'est labooriiiieux d'en aaaariver, d'en ha-harrii-
> ver à l'o-o-o à l'ooooooodeur ! »

« Le soleil qui entre dans toute la salle de bains échauffe jusqu'au marbre sous mes doigts, je regarde l'herbe pousser et l'histoire se faire en moi comme le fromage se fait sous 10 mètres de terre crayeuse, comme, au Moyen Age, dans le cimetière des Innocents en plein Paris et où furent enterrés plus de 2 000 000 de morts avant que leurs restes ne soient jetés dans les trous des carrières où se situent maintenant les « catacombes », les cadavres se faisaient *manger* en 5 jours par cette terre extra si extra qu'un évêque [1] plus tard s'en fera mettre dans son cercueil pour atteindre plus vite sans doute au bon vouloir de l'au-delà. »

« Debout devant le lavabo, nu jusqu'à la taille, une scie me travaille la tête :

L'oiseau quand (((((le soleil échauffant jusqu'au marbre)))))
En juillet on déjeune à l'ombre sous son arbre,
Dans quelle assiette il va, loin de se retenir,
Laisser choir en visant, tout frais, un souvenir ; »

« Odeur trop lourde : cette fois-ci l'odeur qui va sur les palmiers sur lesquels il y a du chocolat séché, probablement parce que depuis certaines fenêtres il est aisé de se débarrasser du chocolat sicilien qu'on vous sert le matin alors que la chaleur étouffante de juillet vous rend insupportable toute idée de boisson chaude ; odeur qui semble effectivement *aller dessus* comme les bébés sur des pots ; odeur aussi qui, de là, dégringole sur les massifs d'amarantes qui sont exactement sous les fenêtres du Grand Hôtel et des Palmes [2] situées sur la façade. Et voilà l'autre odeur, celle qui monte — air d'opérette ! — des matelas des suicidés comme une rouille Rosée-Bulleuse et volatile qu'on dit aussi pénétrante parce qu'elle est empressée à s'échapper, à opérer sa sortie, à disjoindre la fibre écrue des matelas et des toiles, pour monter ! »

« J'observe dans la glace mes défauts, mes tics, ma bouche tombante, la manière dont, par-derrière, mes omo-

1. L'évêque de Paris, Louis de Beaumont, inhumé à Notre-Dame en 1492.
2. Par ailleurs repaire bien connu de la Maffia palermitaine.

plates se portent vers la tête et dont celle-ci s'épanouit plus haut : je suis des yeux les rangées de nains ensanglantés qui décorent les sommets des murs de la villa Palagonia et j'aspire avec force le parfum de poussière et de vieux sang sec que j'ai gardé sur moi et dans mon nez plusieurs jours après la visite faite aux momies du couvent des Capucins de la via Pindemonte ; je regarde les palmes sous ma fenêtre qui brassent mon sang mou et tiède et je déteste tes flancs sombres que tu as grattés quand tu les appuies au lavabo en disant que c'est pour m'empêcher de me pencher. J'allume, je pense un peu, je tourne en rond en proie au plaisir tiède et mou, pleurant mes nains sanglants qui autrefois devaient me faire de la musique, j'aspire avec emphase les coulées de couleur qui tombent de mes yeux, je bats l'air de mes bras en réfléchissant, le sang me bat au visage avec violence avec ———— je n'en finirai pas cette fois-ci avant le matin. Je vois dans la glace au-dessus du lavabo que tu frottes tes flancs ensanglantés ! L'eau dans les cabinets reflue rougie, grisâtre et musicale, insatiable gorge de cormoran ! Et un peu après : de l'autre côté du mur de ma chambre, une femme, qui mourra 35 ans plus tard, passe tranquillement ses mains sur ses fesses avant de se coucher, elle masse aussi le devant de son ventre et le devant de ses cuisses en s'étonnant de transpirer encore. Et voilà qu'un moment après s'être endormie la lumière allumée et la fenêtre ouverte malgré les moustiques, elle s'assied d'un seul coup toute nue sur son lit et fouille des deux mains dans de la rosée rouge qu'elle a vomie en même temps qu'un flot de tomates vertes que ses sucs digestifs ont eu à peine le temps d'entamer. »

« *Ne te réjouis donc pas trop vite, Roussel*[1] : les décombres vont bon train ! L'odeur a survécu ! Et surtout :

40 ans après, c'est à mon tour de tenir la forme ! À MOI !...

1. Pense à ce pauvre Sade dont le château de Mazan est aujourd'hui occupé par une fabrique de joints de caoutchouc !

A moi le sentiment épuisant du miracle, qu'il est là, infailliblement, pour moi ! A moi, en fait, l'échéance pestilentielle, à moi le risque et l'Histoire générale des heures, des minutes et des secondes de l'angoisse de la bataille, du râteau qui les fera tous fuir et me donnera la parole ! Alors, à mon tour de semer les caillots, comme la femme ses tomates vertes, qui leur feront oxyder plus vite leurs langues ! A moi de relancer la crotte ensanglantée de l'oiseau à la verticale et sans viser ! Ce sera une cascade en retour et les jets de fiente — comme ces jets de sperme avec lesquels je savais si bien tracer sur ton ventre des clés de sol — de retour vers les orifices premiers, feront entendre une autre sacrée chaleur à tout le monde ! »

« Et alors ?

— Tout cela n'était qu'un ultime subterfuge. Rien n'évite d'avoir un jour à rendre compte de l'odeur, pas même le suicide. Nous aurons tous la même odeur pendue sous nous comme un orage de coulées rougeasses définitives sous *(coupé !)*. »

« Alors rien, presque rien : sous mes paumes arrondies comme au-dessus de la machine et moites, tandis que je parcours en marchant nonchalamment et en criant les couloirs du Grand Hôtel et des Palmes pendant l'été 1973, je sens monter, globuleuses et lourdes, nues comme des goyaves, les premières notes de *Parsifal* : deux doubles croches, trois triples croches... »

(plaf !) (pourquoi ai-je mis des guillemets à tout cela ?)

(on reprend un ton en-dessous :)

D'où cette idée aussi quant au foutu texte irréductible temple coulée et nappe, effort voulu que je veux étranglable par elle s'il était projeté vers la fureur montant arbre embuscade coudes secousses s'il n'y avait le mouvement, si ce n'est que le mouvement, vaste sédiment !, n'emmène qu'aux trous, ne se montre au vraiment nu, à moi ne m'en défendant plus, qu'au fond vraiment du trou !

Alors : « blocs associatifs machiniques ! », « cellules rythmiques successives ! », « aria *Ah senz'arme son io* », le contre-relief d'écriture disposé à la limite du pas sensuel de l'ange aux gros seins un peu pendants et qui est une femme pour changer un peu projetant des épaules ses vastes ailes sur son dos pour me chevaucher sans embarras et recevoir mon sperme, mes 40 calories de moyenne par éjaculation, ailleurs que sur ses monstrueuses ailes déjà huilées comme celles des canards. Pour ce que ça y change...

D'où cette idée aussi, désespérée quant au foutu texte (vaste sédiment !!) et parce que je ne me fais plus la moindre illusion quant à l'*over-matière* qui est irréductible quoi que nous disions, vous mes frères ou moi-même, à la matière elle-même aussi Courge-Rouge soit-elle et qui s'escrime ici si bien des mâchoires — et à propos d'Ezra Pound dont je vais parler, c'est peu dire ! — et au texte, par qui par quoi je chante ici mon face à face au corps à longueur de temps en plissant et déplissant mes poumons 16 à 18 fois par minute et mes yeux et tous mes autres orifices autant de milliers de fois que je le veux, par qui et par quoi je me suis mis tout nu dans mon propre sang en tournant lentement sur l'axe central de ma toupie d'imagination centrée sur ma bouche et ma langue, mon anus et mon méat champion ces temps-ci, par qui et par quoi je me suis donné corps et âme aux dieux déglingués de ma machine !

Chante, camarade ! Chante sur moi qui ai tant sucé, de toute la force des muscles ronds de ma bouche, sans débander du *Mécrit* à la *Louve* malgré ce qu'en diront certains, la chatte exsangue et *ayant-bavé* de sa Mort à face de rat !

Chante, camarade !

SURPRENDS-MOI PAR DES GÉMISSEMENTS INDICIBLES !

(plaf !)

(un autre enregistrement, toujours le 20 octobre :)

Si le silence était comme la charogne, c'est ici que je placerai cette phrase écrite il y a quelques semaines : J'entonne le chant triomphal et ouvrier tandis que de mes doigts tremblants j'entaille enfin le bâti communal du con !

Ha !

MINE ARE UGLIER THAN YOURS !, « oui les miens sont plus laids que les vôtres ! », il n'y a pas à dire seule la pompe sauve ce genre de phrase (la preuve !) et puis *(long silence)* qui sauverait un cadavre (donc : un *cadavra*) quand les premiers bestiaux à six pattes s'y sont mis ? Un philosophe peut-être, sophe (en matière de mort ils en sont là !) votre respect, *Monsieur,* sophe votre respect ça me ferait marrer !

Ha ! Ha ! Ha !

(...)

(...)

Ici comme ailleurs, où qu'elle soit cette tombe aux bords s'asseoir au matin elle le rattrape et le ciel se calme l'endroit du mur reste vide, au-dessus le ciel est très sombre au-dessus du chien mort face aux piliers d'un casino bombardé, et la mer est mauvaise (« des portes-fenêtres éclairées, du monde à l'intérieur livré au bruit de la réception nocturne et moi qui suis sortie dans l'ombre de la terrasse avec un homme, atmosphère mondaine et complice. Appuyée contre la balustrade de pierre, je passe un pied entre deux renflements de pilastres, devant un parc deviné dans l'ombre, de très grands arbres feuillus et une étendue d'herbe qui brille vaguement dans la nuit avant la mer. Nos mains se frôlent pendant que nous parlons d'autre chose, il finit par poser une main sur mon bras, il fait bon, c'est l'été, il est tard. Il remonte sa main jusqu'à mon épaule nue et la caresse sans trop y faire sentir la chaleur ni s'y appuyer vraiment. Il continue à parler d'autre chose et moi j'ai envie de lui. Il arrête une de mes phrases en se penchant vers moi, je tourne alors le dos au parc et je m'appuie sur la balustrade, son visage est tout près du mien, je suis un peu penchée en arrière et je sens son souffle quand il ouvre mes lèvres avec les siennes et m'embrasse lentement et profondément. Mon sexe a envie de lui, bat un peu et j'appuie mon bas-ventre contre son pantalon. Sa main descend soulève ma robe et se glisse à plat entre ma culotte et les poils écarte un peu mes jambes sans cesser de m'embrasser et me sentant mouillée il glisse un doigt le long de la vulve séparant les petites lèvres et va et vient du clitoris au vagin régulièrement. Son autre main a défait la bretelle de ma robe d'été et fait sortir mon sein qu'il caresse. Des voix se rapprochent à l'autre bout de la terrasse, nous nous séparons, je rétablis l'ordre, j'essuie ma bouche qui doit être rouge et nous rentrons dans les salons éclairés en poursuivant l'anodine conversation du début »).

Je ressens peut-être alors la boue habituelle évasive, dans la fraction de seconde exacte où une foule estimée à environ 600 000 personnes hurlerait en cadence les mots : « AU RETOUR DU VIVIER AU PLUS FORT DE L'ATTAQUE, ETC., AU RETOUR DU VIVIER AU PLUS FORT DE L'ATTAQUE, ETC. », *etc.*

— ENCORE ! *(hurlant presque).*

— Oui, c'est ça, encore !

— PLUS FORT !

(A toute vitesse je repasse en mémoire les éléments qui seront ceux de ma conférence tout à l'heure tandis que la jeune femme blonde qui est agenouillée devant moi et qui a les poils mousseux et blondasses comme je ne les aime pas me rappelle, en obscurcissant malheureusement ce qu'il me faudra retrouver de force tout à l'heure devant mes auditeurs, cette prostituée rhénane qui me faisait un pompier après m'avoir fourré le pénis dans un préservatif, grommelant encore de fureur parce que j'avais voulu la prendre à quatre pattes alors que les putains de la ville avaient reçu de la police et de leurs maquereaux l'ordre de ne jamais tourner le dos à leurs clients pour ne pas risquer d'être assassinées par les maniaques trancheurs de gorge qui couraient alors la région. Et moi paumé pour si peu tandis qu'elle s'escrimait gentiment d'ailleurs des mâchoires sur ce nouvel os blanc de caoutchouc dur qui pointait sous mon ventre, je l'injuriais *mezza voce* en anglais, en portugais, en italien, faute de connaître un seul mot d'allemand, et cherchant déjà dans mon esprit les termes — prestement, d'un tour professionnel du poignet, le décapuchonnage du gland et de l'ensemble a lieu, de même que l'évacuation, par le trou de l'évier du 3e étage, de son gluant déchet — dans lesquels je reviendrai une fois de plus sur la collusion entre l'écrivain, le pouvoir et l'université, les trois reformant, sans qu'il y ait jamais eu de solution de continuité cependant, la triade d'autrefois dont le bon fonctionnement n'avait jamais été mis en doute : le bouffon (c'est l'écrivain, et spécialement le poète quel qu'il soit) qui est le seul qui ait le droit de ricaner du pouvoir devant lui, en lui adressant son rire, son démenti, son sarcasme en lui disant ses quatre vérités et cela au su et au vu *de tous* ; le pouvoir (le roi, plus tard la bourgeoisie, aujourd'hui le prince-président, demain un Etat un archi-Etat un tas d'Etats) qui flatte la crinière de son bouffon-chéri d'autant plus que l'écrivain-bouffon aura dit du mal de lui, du vrai mal, de celui qui porte et dont on se souvient, c'est-à-dire dont le peuple (c'est-à-dire moi) se souviendra ; le professeur enfin, pardon je voulais dire le confesseur, oui cet être gris et gras qui se grise et s'engraisse des médits et des *mécrits,* des *lois* et des *prostitutions* des autres, ô mes frères écrivains, qui prend sa bête poings et pieds liés des risques sanglants des autres et qui confesse le pouvoir et son roi et son Intérieur et sa Prison et ses Discours, qui l'*entend* et le *comprend* puisqu'il, par fonction et par plaisir ou « jouissance », nous l'explique et nous le commente et nous l'imprime noir sur blanc, index et table des matières joints devant nous, le peuple, qui fait semblant de les comprendre et de les lire, eux les écrivains-bouffons et les professeurs-confesseurs qui font la bête à deux dos dans notre dos à tous, ô mes frères séparons-nous, on nous aura moins facilement, les chiens seront obligés de se diviser, quelques-uns trop pressés de nous sauter à la gorge s'écraseront contre les arbres et les murs et leurs maîtres-confesseurs, leurs maîtres-écrivains, valets désignés et nommés du pouvoir-roi, ayant perdu le nez qui les aidait dans cette course éperdue, sentiront battre leurs artères et leurs veines et s'alourdir leur ventre et transpirer leurs bras, et nous, mes frères, nous on y verra peut-être plus clair, on se sentira peut-être moins solitaires et moins couillonnés, mains à plat sur le tronc des arbres dont on fera des échiquiers, mains à plat sur les sommets des murs d'ambassade, mains à plat sur les bords de faïence de l'évier la gorge en feu et les yeux pleins de pleurs d'avoir tant et tant vomi, ô mes frères, d'avoir tant vomi et de vomir encore et de savoir qu'il nous faudra encore en vomir, en vomir.)

(plaf !)

Sister Chien, quoi. Quand la lumière monte le long de l'antique déploiement des armées dans la plaine et le long des fleuves, quand la couleur reparaît en roulant le long de l'herbe, qu'elle grimpe le long des façades pour recevoir l'haleine des locataires et des enfants dans les yeux et sur le museau comme une gélatine, quand elle se glisse au plus fort des rassemblements de chevaux en les agitant doucement de la main comme les inséminateurs le font des gros sexes des étalons dans les haras normands, quand, dans tel atelier, tel arsenal, après avoir drainé les marais pour les veuves des suicidés ouvriers ou paysans, tel bureau d'études, elle munit (lumière ou couleur) nos esprits et nos corps de tel savoir ou de telle connaissance de riposte ou d'incendie, de vengeance ou de cri très fort, munition dont elle nous fait don dangereux, comme une farine à ergot, et nous voilà pourvus contre le vent qui joue, 2 ou 3 kilomètres plus loin, dans les cheveux d'un cadavre, d'un *cadavra*. Oui mes frères : quand cette lumière-là monte, quand ce souffle se fait entendre sur ce museau, alors c'est qu'elle n'est pas loin Sister Chien, la louve, la honte. Quand on en est là, à connaître sa louve comme un escargot connaît sa bave, on peut se demander où va cette danse si étrangement composée, où mène ce vaste étranglement de labyrinthes et de notes, par où le ruissellement se fera et ce qui sera vu et entendu de l'autre côté du *tunnel spiral*.

(...)

(arrêt de l'enregistrement)

(plaf !), je repars :

Il faut en sortir. Comment en sortir. Politique action *simul* actualité modernité justification confondue individu, l'autre côté canal invendu occupation des cours hauts nuages si hauts qu'on ne les voit plus, partis pris, plus vus pas pris petits profs gros profs happiprofs waterproof, prenez-les morts ou vifs et alors alors ? vos gueules les morts !

Ici prendraient place des enquêtes et des statistiques. A leur vue et lecture même lutte des classes suspendue grand moment, le pied enfin pris la lutte ma mère la lutte y a que ça la lutte et mon pied, mandibules pendant du même côté et du même angle chez tout le monde en même temps. Ecriture ma chère âme suffisamment percutante pour ça évidemment. Espérons.

Le *real problem* : toujours précéder, se désencombrer, derrière chaque con la femme, le con précède donc la femme, etc., cavaleurs : à chaque course sa course ! Bois du cercueil, du bouquin, je fonce, tu fonces, il fonce à travers la forêt.

C'est ça désormais le bateau où tout le monde plie sa serviette, courage camarade ça fond jamais vraiment ces trucs-là, et de passer au salon pour fumer parce qu'on mitraille par-dessus l'ensemble, courage vieux faudra tout de même signer de ton nom et les payer, sinon qu'est-ce qu'ils diraient ceux qui, entrant, sortant, entrant, sortant, ne font plus que signer, qu'imiter eux-mêmes désespérément leur propre signature, au bas des frigos de la pensée. Dire « bon, bon, salut ! » ça ne règle pas tout. Ni que tout est bon, « si, si ! », « bien sûr », par exemple : « J'ai l'illusion que quelque chose adhère à moi, une chose douée de poids, de rondeur, de profondeur et de plénitude. En ce moment cette chose semble constituer ma vie. Si c'était possible, je voudrais la cueillir et vous l'offrir tout entière, complète comme une grappe de raisins. » Evidemment ! Autre exemple : « Yvonne enlevait leurs fleurs mortes à quelques plantes pareilles à des zinnias, aux fleurs pourpres et blanches, fragiles et embaumées, rangées sur un mur bas dans des pots : elle prit la dépêche que Hugh, pour une raison quelconque, lui tendait à côté du pot de fleurs voisin : « J'apprends que vous êtes allé au Texas, Sainte-Pleine. Seriez-vous passé cow-boy de première classe ? » Et ainsi de suite.

Mais revenons à la salle à manger. Il se tortilla, émit un ricanement et déchargea dans sa mercerie. Qui ça ? Tout au début, il y avait la chambre d'enfants avec ses fenêtres donnant sur un jardin, et par-delà le jardin, sur la mer après les renflements des balustres de la véranda, devant un parc deviné dans l'ombre et le ciel se calme, l'endroit du mur reste vide, au-dessus le ciel est très sombre au-dessus du chien mort face aux piliers d'un casino bombardé, tandis que ma femme sans doute, nimbée par la lumière qui vient par la porte-fenêtre et bercée par la musique de la réception et les bruits de conversation se fait mettre un doigt dans le vagin par quelqu'un qui est moi, qui est éperdument moi, éperdument en aboi.

Courage et regardons ! la louve est basse : le brouillard maritime et l'étrange odeur de l'émondage montent ensemble autour des arbres, l'homme nouveau qui commence à naître se prend les pieds dans quelque chose sur le chemin de halage, barbote comme il peut dans 5 ou 6 pouces d'eau sale et décharge encore dans sa mercerie, qu'en sera-t-il de demain, homme nouveau malheureux ? Voilà donc quelques petites choses qu'il fallait dire aux signeurs de frigos : et aussi qu'entre eux et moi quelque chose ne va pas : je suis seul à fixer constamment ce quelque chose du quelque chose qui est la louve, principal personnage de mon histoire, et surtout sanie matricule du texte ouvert, flancs ouverts, parole jacassante ouverte et remplie, plaie ouverte par où les branchies par où l'humeur vicieuse par où la tuberculeuse histoire de l'Histoire et par où les Par-Où s'échappent en grappes fétides de non-raisins et de non-vagins et de non-morts, VRAIS-MORTS DU NÉANT DES CHIENS ! Faites gaffe, signeurs de tôles et de concentrés-cuisine émaillés, signeurs froids, vous n'êtes que des *nadas* morts sans VRAI-NADA, puant les privilèges de l'éternité qui vous souffle dans le cul sa chanson idéaliste et vous vous prenez les pieds dans les tubéreuses ulcérantes de mon jardin. Hardi canards dégraissés !, qui n'avez certes rien à voir avec l'ange aux ailes rangées sur le dos dont je parlais tout à l'heure et qui me chevauche ! Hardi canards !, ce n'est qu'une rivière qui passe !

C'est l'heure où les morts s'emballent. Restons cois hein ! Comme si de rien n'était : livres, textes, préfaces, illustrations. Tout quoi !

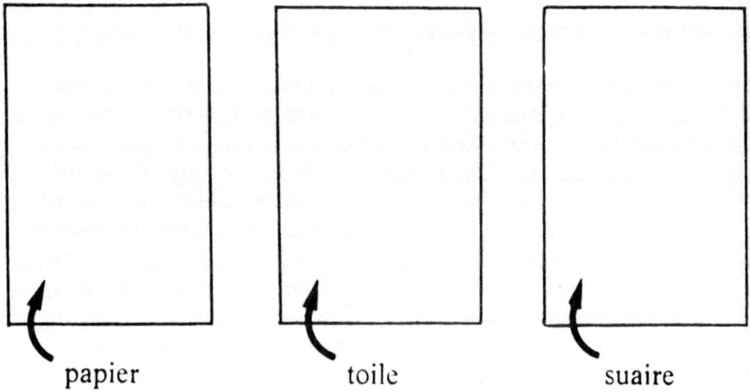

À QUAND LA GRANDE MOSTRA MIRIFIQUE MOI ?

Peau étalable à merci de l'homme en proie au complexe de Mercator[1], enveloppe et sac à os, le suaire à faire suer le burnous, l'extra-strong sur quoi se penche l'étranglable écrivain, la toile que brosse l'étrange peintre. Posé à plat, pendu au mur ou bien martelé par les touches de fer de la machine, passé au vernis, achevé d'imprimer, entoilé ou légendé, mis au frais dans un musée, vendu au bibliophile ou chouravé par le marchand, c'est toujours l'ensuanti suaire qui boit sans soif chacun, c'est toujours l'homme bipède enfin debout et qui se regarde inlassablement dans les yeux de la femme qui au bord du chemin du supplice essuie son visage en sang, c'est toujours le long cadavre jaune *(cadavra !)* suintant suant sa propre image dans l'ossuaire des amis *(coupe !)*, ah !, mon dieu Menhir, maternel Terme, Priape en prière enfonçant ses bornes aux quatre coins des terres, signal qui dit attention voici un mort, je suis lui qui brille ici dressé, je suis son ultime pénis attentif, son dernier droit à la station debout, tandis que vous vous êtes ces innombrables mains fouillant la campagne, tassant la

1. La « projection Mercator » est l'une des méthodes les plus couramment utilisées pour dresser des mappemondes.

terre autour de moi, battant la glaise jaune des mottes et crevant les yeux des bêtes qui viendraient s'y frotter.

Et pour ce qui est du « Have a good stand » — *je vous souhaite une bonne bandée* —, si la philosophie était la physiologie, c'est ici que je placerai la phrase écrite voici quelques heures : quant au rôle qu'elle joue par rapport au reste du corps, la main est le jean-foutre de l'homme ; gras du pouce, ô mes morts, gras des gaines métacarpiennes bleutées !, comme si l'Histoire, ô mes frères, reprenait, comme s'il était possible de dire maintenant : *L'indolent, on l'appellerait* faul, « *paresseux* » *c'est-à-dire* « *pourri* » *; voire* stinkfaul, « *vraiment très paresseux* » *c'est-à-dire* « *puant de pourriture* ».

Face à la charogne, les mains tendues devant, c'est possible.

ET SOUHAITEZ QUE LE VENT SOUFFLE !

DU VENT ! —— moins les faux départs, les détours du souffle, les premiers jets du *choralvorspiele,* devant les arbres verts, les arbres blancs qui s'agitent auprès du ventre blanc et me ramènent à la plage et à la mer mauvaise face aux piliers du casino bombardé et à la pente vers l'eau (« des champignons bleus ? Non ? Quel nom *please* ? »)... Ah !, salut, pays pénurique dont j'ai cruellement enfoncé le barbelé en moi, une fois pour toutes ! Bonjour !, bonjour !... haies d'honneur en place !... vrais coulant mal mais qui nappent !... émissions !, échappées !, foulées !... départs des rumeurs et claquements des crêpes et des chanvres ! Hardi, camarades, je vous invite à ce flot fertile qui bat nos lèvres de noceurs du langage à langue courte et dure à tête de criquets crécelles choux ah !, à pattes crissant sous les doigts des oiseaux !, ah non ! Non ! *(coupe !)* LES MAINS TENDUES DEVANT, COMME SI C'ÉTAIT POSSIBLE ! DES POILS ENTRE LES AINES, DE GRANDES LÈVRES MAINTENANT EFFONDRÉES ET VERTES !

CAMARADES, IL NOUS FAUT DÉSORMAIS OUVRIR GRAND NOS BOUCHES ET ARRONDIR NOS LÈVRES ! C'EST URGENT !

Warum ist die Musik Schönberg so schwer verstänlich ?

Oui, vraiment, pourquoi la musique de Schönberg est-elle si difficile à comprendre ? (A. Berg.)

En même temps : quelque juvénile mot de passe (tu parles !), un lancer de rhombe dogon suffisamment paisible et si loin dans le chapitre 3, l'étendue critique et crapaud creusant la pourriture, la mainmise de l'ordure pendant les heures qui suivront et jusqu'au récit final mortel, quant à ce que dit l'écriture de ce qu'elle pourrait encore charger, sa politique utile album & album & album encore, etc., creusant donc, disais-je, jusqu'à l'effroyable truie bleue des houles bleues, les yeux fendus de cette *true* louve truie *love* [1] qui, en posture à l'horizon au-dessus de la mer et du terme, ne cesseront de dévisager mon dernier visage possible *avant,* ma dernière expression honorifique si pleine d'allant, la face solennelle du con découpant c'est moi hurlant les ailes du nez remuant comme des nymphes, intolérable cramoisie littérature fini fini long silence n'est-ce pas *(plaf !).*
Now I'll show you what this job could be, assiste donc au spectacle admirable du dépeçage de la main !

Décharge publique !

Mon doigt, celui qui indique durement l'ordure, fuit sur le quai.

1. De même que l'anagramme de Sister Chien est *Triste Chine* comme me le faisait remarquer, par un coup de fil de Rennes, mon ami Christian Prigent, dédicataire de *Sister chien* dans l'ancienne version comme dans la nouvelle.

La vieille, mangée à peine, les joues, la partie qui en pendait, et les bords piquetés des biceps, courait à travers la pièce, la remplissant en même temps de sciure rougeasse et faite de tout petits brins.

Puis arrêt des deux l'un au-dessus de l'autre, à hauteur de l'œil-de-bœuf.

Il lui prend le clou dessus et le fait bouger sur le corps de maloil'œil. Oui c'est ça, maloil'œil même quand c'est toujours lui, jamais elle (pas sûr, quand même) qui regarde. Parce qu'elle, on pense plutôt à sa bouche avant, sur le dos sur le lit, toute nue. Vue depuis les pieds, ou aux deux lippes grisâtres du sexe quand elle se raplatit elle a les flancs répandus comme le hamster qui s'agrippe des quatre pattes pour ne pas glisser sur le bois jaune de la table.

C'est là le bruit qu'ils font et c'est comme ça que je les appelle.

Le ciel très haut, d'un bleu splendide, vire lentement à l'orange et enfin au violet. En contrebas le fleuve de verre avec une couche d'écume blanche qui paraît flotter à quelques mètres au-dessus. Au loin le découpage sombre de la ville qui vient maintenant se placer derrière et sur les côtés — comme s'était profilée la vieille cité de Mantoue depuis l'autre bord du lago di Mezzo, sur la route de Padoue, l'après-midi même où des photos de moi avaient été prises au palazzo del Te devant les géants de Julio Romano. L'eau vive alors à son tour, les rues, les façades aussi et l'herbe est humide de rosée.

Brecht se mit à chanter. Je fis quelques pas : Brecht s'arrêta, son chant rejoignit ses ossements et sa grosse bouille de binoclard disparut à jamais. A mon tour je marchai.

Ah oui, *sur le retour.* « Phrases ! », « Exemples ! »,

« Allers et retours ! », autrement dit : boum ! boum ! boum !

Où trouver la Comédie Politique d'Envergure ? C'est notre misère qu'elle montre, cosmos fétu ! Les fondations chaotiques et pluralistes de notre société de maquignons, de Parlements et de Parleveaux ont été à peine éraflées par la patte griffue d'une fourmi. *Ego scriptor* mon œil et encore ! L'imagination de ces gens est glacée, citer *sir* Pound n'y fera rien, ils se sont cousus les trous comme d'autres dégraissent, devant les invités, les sauces : en pinçant les lèvres ! L'invention semble épuisée, elle dérive comme un chien sur le Pô. Contemplant le rouge de l'aube, y voyant du ciel rouge, en descente les nuages, on bourrera les ventres de nos femmes avec et on les écoutera péter le feu de dieu en plein soleil. Enfin le ciel à jamais clair et nos oreilles pleines de bruit !

Boum ! boum ! boum ! *(crié :)*

— WHICH HELL ? HERE, HERE !

— ... ?

— QUEL ENFER ? ICI, ICI !

Ainsi flânai-je de par la ville. Je terminai à la limite des deux zones, à l'ombre de San Trovaso, en hommage à *sir* Pound — mais sa chair à l'heure qu'il est roussit et suinte de partout, puante charogne de poète (« photo Monsieur ?, v's'êtes si beau si vieux... ») — à l'endroit où l'on scie des planches encore, sur l'ancien *squero* de construction des gondoles. Reflets des grandes scies vénitiennes dans les seaux en bois remplis à ras bord du bitume fumant. Phllllaoufffff ! !

Dans un point mystérieux de l'horizon, les monumentaux opéras des grandes capitales se sont retirés à l'intérieur du corps naturalisé d'un oiseau quelconque irrepérable qui, sur une branche banale, *fait semblant*.

WHICH HELL ?

Ou, si vous préférez : Freud : « Je fais don de ma libido à l'Autriche-Hongrie[1] » (Comme ultime aventure survenant aux rats :) le formidable concert s'organise, l'ocre des stores dore de ses reflets l'eau qui va jusqu'aux arbres, qui s'organise d'ailleurs en même temps que l'autre, chacun empressé à occuper l'entre-deux agréable de l'après-midi, puisqu'il fait chaud et que c'est l'été, que les jardins sentent bon et que les canaux sentent fort. Oui, rien n'est simple aujourd'hui même si on croit qu'aller à Venise c'est sans problème : « Le temps n'est plus où Byron, ses habits en paquet sur la tête, s'en allait dîner en ville à la nage. » Et là encore, pour ce qui est de la *libido*, pour ce qui est du *pénis tiépolesque* dont s'enorgueillit l'auteur, ensemble avec pas mal de dignité, et affaire de *podex* : « lacunes dans le cognoscible », etc.

Allez, on continue. Il peint toujours : « Numéro cinq, quatre-vingt figure, Martine, rue de l'Abbaye, près du square, voitures, maisons, deux femmes se déshabillent : *grande figure rouge, corps rose de femme, ventre, tête renversée de profil, masse noire frangée de rouge*[2]. »

Ce langage que j'agite et que j'écaille des couleurs de celui d'en face, ce langage qui est ma propre et permanente insulte à la bouche, qui se dresse à hauteur des yeux, gueule tordue et besicles embuées, ne finira qu'avec ma mort. Et, si j'écris à mon tour quelque chose qui ressemble à la louve à l'échine basse qui court de l'autre côté du rideau d'arbres sur l'autre rive du canal, si j'avance malgré tout le long des troènes mouillés, si j'excite la vision des couleurs écaillées de l'œil-de-bœuf que je promène partout autour de moi, reste quand même

1. Cité dans le *Supplément* du *Dictionnaire des citations* de Pierre Oster Soussouev.
2. Titres, ici et ailleurs plus loin (dans ce texte de « Décharge publique » qui lui doit beaucoup à lui et à Martine) de tableaux de Bernard Dufour.

cette mort qui m'emprisonne le bout sanglant du sexe dans sa bouche gluante et chocolatée.

Sur le quai désormais fameux, avant d'être en posture d'ordure : je me sens insignifiant et perdu, mais j'exulte. Nous cessons dans une douce secousse. Je vais laisser les autres sortir avant moi de moi-même, avant d'émerger en plein chaos. Je ne vais pas devancer ce qui m'attend. Et vous ? Vous vous promenez, je le crains. En marche : le racontar remuant, le scandale mélancolique, la gueule tordue de Procris mourant, d'Overney pourrissant, orteils claquetant des soubresauts des asticots, de Bataille, cloqueux, vieillasse, badigeonneux, ex-paltoquet, songeur faisandé, ocre empissé, flancs dévastés par la glaise, gigoteux, regard affolé par le bruit de va-et-vient de l'immonde râteau qui passe et repasse là-haut. Et criqueti, criqueti, que j'te criquette par là-dessus, criqueti-cric, criqueti-cric. Et flaoufch ! Tout dégoutte d'un coup : coup classique !

Et pourtant tel sera mon destin, je vais souffrir, clame à pleins poumons Pergolèse à vingt-six ans. Seulement voilà : à l'échelle d'un œil-de-bœuf, ça tient en quelques mots, « des amants brûlés, bouche contre la bouche, gisent sans pudeur, sur l'herbe, le long d'une trouée de haines » ; et puis : « ils aperçoivent la longue ligne des collines et les murs des fortifications enfoncés dans la terre à espaliers, l'étendue immuable, craquante de soleil, jouissant de son ultime bain dans l'argile lombarde ». L'écriture somptueuse de ce jeune écrivain de la mort face à l'activité inquisitoriale des Chiens !

Quand *sir* Pound fut de retour en Italie après sa libération de l'hôpital psychiatrique Sainte-Elizabeth, en 1958, un journaliste lui demanda :

— Where do you live now ?

— Which Hell ? Here, here ! répondit *sir* Pound.

Hé hé hé ! « Which Hell ? » *Dans quel Enfer ?* mais

voyons : « *ici !, ici !* » Tu parles ! Il demande à Pound où il habite ! *(Crié très fort :)* IL DEMANDE À POUND OÙ IL HABITE ! Mais là voyons ! : dans son cercueil marque Match Box cèdre, modèle 127, sac à cadavre matériel militaire irréprochable gratuit, beau geste quoi !, c'est ça l'Amérique ! : Kadavérine à pleins tuyaux à l'entonnoir !, du déboucheur tassé dans les gosiers et, pour plus de sûreté, un produit appelé « Daeth-OK » qui garantit le gonflement des muscles « pendant au moins trois mois après la mort » !, incisions post-mortem épigastrique, cervicale, pubienne et à l'aisselle, selon la règle normative et fructueuse des Embaumeurs Qualifiés Morticars[1] où j'ai pris mes renseignements !

Question : « C'est-y quoi ça Pound mort ? »

Réponse : « Corrrrpsgrrrrras ! »

C'est là le bruit qu'ils font et c'est comme ça que je les appelle.

M. Stripling : M. Brecht, voulez-vous s'il vous plaît, décliner vos nom, prénom et adresse actuelle pour notre dossier, je vous prie ? Parlez dans le microphone[2].

M. Brecht : Je m'appelle Bertolt Brecht. J'habite au numéro 34 de la 73e rue à New York. Je suis né à Augsbourg, en Allemagne, le 10 février 1898.

M. Stripling : M. Brecht, la Commission a un...

Le Président : Quelle date avez-vous dite ?

M. Stripling : Voulez-vous répéter la date ?

M. Brecht : Le 10 février 1898.

M. McDowell : 1898 ?

M. Brecht : 1898.

M. Stripling : Monsieur le Président, la Commission a fait venir un interprète, si vous désirez en utiliser un.

M. Crum : Voulez-vous un interprète ?

Le Président : Désirez-vous un interprète ?

1. *Morticars :* par extension, barques vénitiennes à moteur qui transportent les morts.
2. Réunion de la Commission d'enquête sur les activités anti-américaines du 30 octobre 1947.

M. Brecht : Oui.

Le Président : Monsieur l'interprète, voulez-vous vous lever et tendre la main droite, s'il vous plaît ?

Monsieur l'interprète, jurez-vous solennellement de traduire avec diligence et exactitude, d'anglais en allemand, toutes les questions qui pourront être posées à ce témoin, et de traduire avec autant de diligence et d'exactitude, d'allemand en anglais, toutes les réponses qui seront faites par lui avec l'aide de Dieu ?

M. Baumgardt : Je le jure.

Le Président : ASSEYEZ-VOUS !

Le cimetière de Venise, l'île de San Michele, au nord de la ville, où Pound fut enterré : vase et roc, souillures et déchets (caoutchouc, verre, ferrailles) puis 27 couches de squelettes à peu près disparus (l'ammoniac et les sulfurés anhydreux des sols en décompo), au-dessus 4 couches de cadavres huileux et défoncés, au-dessus 1 couche fraîche blafarde avec visages affaissés et cous souvent tordus (mensurations hasardeuses), au-dessus 1 pellicule de marbre avec inscriptions (« ego scriptor », etc. Merde !), au-dessus les corneilles et les cimes des cyprès et on débouche sur les trouées de cirrus bleutés faiblement. Accroupie sur la vase depuis 200 ans, San Michele déverse lentement par son fondement comme une tortue marine exténuée ses morts irrattrapables : béchamel humaine prenant tout doucement la mesure de son poids, gardant ses dieux pour elle. « Ego scriptor » : pleurs, hurlements. *(Plus fort :)* PLEURS, HURLEMENTS !

Même là, fourmi, la place manque. On exhume à dates fixes, les jours sans vent et sans chaleur. Des chalands noirs emportent les os sortis de la terre rose et noire de San Michele et s'en vont glisser, près d'une journée durant, sur la partie de la lagune qui est au sud de la ville. Un petit îlot proche de Malamocco et qui est entouré d'un mur bas sera le dernier déversoir des morts : en effet, et directement depuis le chaland, les tas d'os passent par-dessus le muret semant leur poussière un peu partout sur l'herbe rase et l'eau grise. Ensuite, les tas tombés reçoivent une bonne couche de chaux vive qui les dissout et les mouettes se farcissent le restant et reviennent, gavées, se percher sur les poteaux qui sont devant le Danieli ou devant le Métropole, c'est-à-dire riva dei Schiavoni.

En avant par rapport à la rosace rougeoyante du pavillon Baltard (tu corrigeras si c'est ailleurs[1]), le jeune homme Overney tremble de traverser la rue et contemple les poux qui lui tombent de la barbe, Pergolèse sue tant qu'il peut la colère du jour, Bataille cherche à vivre dans une villa de brique rouge où il pourrait se tenir sur le pas de la porte et détester copieusement les maquignons, *sir* Pound se fait serrer le kiki par l'énergumène râteau, tandis que les poux font cercle et exultent, petites narines d'albinos gonflées par l'odeur de pourri des troènes, la plus aphrodisiaque qui soit. MAIS À QUI DÉCOUDRE ICI LE VENTRE, QUI NE SOIT DÉJÀ PANSE À DIARRHÉE STAGNANTE SUÇOTÉE À PETITS COUPS PAR LA TERRE ? — Juste à ce moment : « DIES IRAE ! » Salut à toi, Pergolèse ! De devant la porte écroulée de l'Hôtel des Grands Hommes, coincé, je salue tes hanches de cannibale (« Ta ligne de hanches, ma ligne de chance ! ») et je fais miennes les couleurs de ta charogne ! A jamais miennes les dégoulinures du fusain, la trace de la cochenille qui te teintait le foie, la garance de ton froc ! A jamais mienne ton ouïe aujourd'hui perdue dans la margarine marron de ta tombe !

Reprenons. Toi comme moi, on ne fait que tenter le coup de la charogne. Et quand ça bouge, ce n'est que le cadavre séculaire qui nous pète à la gueule, chaque bulle fait mouche, l'herbe brûlée, l'antienne habituelle quoi. Et ce qui reste, qui fait que nous *pouvons* encore, que

1. « Oui, c'est ailleurs : au marché d'Aligre », répond Bernard.

voilà le monde ou rien, moi, ou toi, qui me tiens soulevé sur la pointe des pieds pour être au-dessus de l'odeur, je ne suis pas assez calme pour ach'ver — pour A-CHEVER ! — en vrac au bord de cette fournaise de vieux chocolat cocottant.

Reprenons, l'œil en lecture au ras du bœuf cadavérique : « Numéro six, soixante figure, Martine, statue de Beaumarchais, voitures, maison, fenêtres : *Homme de dos, vert, figure jaune surmontée par un dessin obscène et une femme dont on ne voit que les jambes et le ventre, et derrière un morceau de peinture : rose, jaune, vert.* » Et puis : « Numéro quatorze, cent figure : *Paysage (route, arbres) du Pradié, main dessinant un visage d'homme, profil bouche ouverte* ; passants autour d'un homme à terre ; au-dessus une bande noire, au bout des figures sexuées entassées. »

Qui c'est qui tombe en fin de compte ? Quelle bande de crétins carabiniers vautours a donc campé sur la terrasse du Pradié, dominant le carnage, yeux exorbités, valoche prête à récolter les cadavres de tes deux chattes roses avant que les carpes n'aient tout dévoré ? EST-CE QUE TU COMPRENDS TOUT, TOI ? ET ALORS CETTE COULEUR, MERDE, ÇA VIENT ? Tu crois qu'elle suffira à retenir l'odeur de toute cette pourriture ? Et toi, louve basse, qui gueuletonne de préférence dans les anémones et le sirop des agonies, tu sens comme ça cocotte ? En tout cas : la gueule est à l'œuvre, c'est l'œuvre — L'ODEUR ! — l'odeur pestilentielle du silence qui s'installe entre ces murs bourgeois, qui plane au ras de cette moquette. Nous serions tous des maquerelles engrossées que ça ne m'étonnerait pas, à voir comme nous traînons nos pieds crasseux sous la lumière ! Passons autour d'un homme à terre, entassons les figures sexuées à l'autre bout de ce bordel de merde de couloir artistique ! Un petit bonhomme-oiseau qui volette par là ne nous remettra pas de sitôt sur pied, et il n'y a pas de raison : chacun emmène encore une fois (la dernière ?) sa *Maloil'œil* dans un coin de la pièce, à la hauteur de la vitre ronde de l'œil-de-bœuf, et pointant son doigt qui indique durement l'ordure, il la soulève en lui écrasant les fesses sur le mur, et il s'engage à fond dans le remuant bougre de son con crotteux, toile rompue, poilu, loqueteux, dégoulinant, truqué, croupi, poisseux, poussiéreux, torchon à cambouis, lion sale, et il l'encouille, la louve, il l'encouille à plein pinceau à en faire trembler tous ses os.

12.

Lettre à Françoise Peyrot sur le Nada.

Je me sentais, ô ma maîtresse fougueuse, comme un souffle de foutre séché dans un foulard...

Imagine ceci : le Nada pourrait ne pas avoir d'os, il pourrait ne pas abriter du vent froid du printemps, il pourrait être porteur d'objets politiques craspects, ou bien propager sa puanteur vers les différentes régions à l'ombre de nos daffodils républicains connards ; mais le Nada, celui dont Gaituyau ne parle jamais (évidemment !), ce Nada-là est celui qui permet de ne pas être simplement le grigri de l'ordure. Etant donné la multitude des êtres humains qui disent en parlant de leur vie « ça ne tient pas debout », il y aura forcément, au moment précis où je mourrai, un couple au moins *sur le point de forcer le trou* et pile y pensant dans la demi-seconde où lui l'enconne. Et il y aura forcément au moment où je mourrai, quand mes poumons s'affaisseront enfin, un sac en plastique regorgeant d'ordures et crevant, bavant l'ignoble semence, de fatigue, d'incohérence, d'abus, de pluies et de sécheresses variées, de confusion, de désirs rentrés, sur la pente d'un dépôt municipal de province. Quel rêve, bon dieu, si l'on pouvait, dans un dernier aperçu du monde, voir l'un et l'autre de ces faits ! Oui, Françoise, le Nada c'est tout ce qui fait la nique à la Louve quand elle est basse. Quand elle est particulièrement basse ! Le dernier guerrier debout de la pensée ! C'est lui qui permet à l'Autre-émolument, entre diverses révolutions larvées, de se replacer dans son attitude farouche et de contempler pour la dernière fois les grandes lèvres du vagin d'ombre d'où découlent sans cesse, comme un fleuve d'immenses spermatozoïdes ténébreux qui prennent leur essor dans l'éther lugubre, en cachant avec le vaste déploiement de leurs ailes de chauve-souris la nature entière, les légions solitaires de poulpes philosophiques, devenues mornes à l'aspect de ces fulgurations sourdes et inexprimables. Dis-toi bien, pute saignante, que, quoi que tu fasses ou devines, que tu fasses pleurer l'amour, que tu le fasses hurler, chier même, et bramer comme une oie ; que tu aies, comme « l'antilope humaine » dont parle l'Autre-émolument, le dos calciné de m'avoir toujours sur toi poussant comme un fou, toujours après ton cul comme une gale ; dis-toi que je ne serai moi-même que mon spectre autour de moi nuit et jour, bête sauvage.

Et puis, comme pour le tigre, je m'effraie avant tout de ma terrifiante symétrie.

N'oublie jamais le Nada !

(Ha ! Ha ! Ha !...)

D'ailleurs, peu après l'heure du thé, ce jour-là, j'eus d'autres raison de repenser à ce curieux personnage de mon livre. La Présidente, Madame X me fit visiter la propriété de famille : il y avait, disait-elle, autant d'arbres de plus de douze mètres de haut qu'il y avait eu de conférences en 20 ans, mais cela ne valait pas évidemment au-delà de 1968. Après, n'est-ce pas, toutes choses n'étant plus comme avant... Pour les projets, poursuivit-elle, la grande clairière qui portait le nom d'un descendant de Joséphine Donnadieu serait irriguée et plantée d'alfas ; la petite clairière serait traitée de même pour les fèves ; quant à la troisième, en contrebas du corral des nègres, on verrait... peut-être des patates. Je lui pris le bras, serrai de toutes mes forces et, les dents sur le point d'éclater tant la fureur m'avait pris, je l'y traînai. En route, quelques flashes grisants me reprirent : le fantôme qui faisait claquer sa langue, comme pour se dire à lui-même qu'il va cesser la poursuite ; l'homme qui se retrouve en face de lui-même, sourcilleux et blême comme un vol de courlis qui s'abat sur la lavande ; le cadavre — et c'est là souvent un miracle que se racontaient les putes dans ma jeunesse — qui reparaît sur la surface de l'océan et reporte au rivage l'autre épave de chair, qui ensuite la dégage du moule qu'elle avait creusé dans le sable, lui essore les cheveux et recommence, comme si de rien n'était, à lui raviver la vulve à coups de langue. Alors, arrivés en vue du corral, du haut du tertre aux daffodils où picoraient des pigeons et des grands maigres décorés, je lui parlai de la beauté. Je la lui enfournai des heures durant dans les oreilles, mais aussi dans les yeux et la bouche. Je peux dire même que je lui en oignis le visage, que je lui en frottai les cheveux après avoir jeté au loin les épingles de fer qu'elle y avait mis le matin, et que je lui en froissai aussi la robe, les bas, le col et la combinaison. Elle jouissait sombrement à la fois de mes gestes et de mes racontars. Et c'était bien de racontars qu'il s'agissait, bordel ! Vous tous, bouledogues et anges de la dune humaine, écoutez avec Madame X (et moi-même au fond, puisque je ne me lasse jamais d'en faire aux autres le récit) ce que c'est que la Beauté. Et, tourné vers le corral où les monstres sont au radoub, j'entonne :

O Beauté !... Peut-être plus fascinante que toute autre chose au monde !... Beauté pure ! Beauté absolue ! Elle était là exposée définitivement aux yeux de cette jeune femme aux fesses tachées, de cette jeune femme aux doigts profondément vautrés dans sa propre gorge et fière de l'enchevêtrement bleu et vert qui lui tombait sous les cuisses. Elle représentait le nec plus ultra. De sa porte, sous le porche, elle pouvait observer l'immense profil du jour, l'innommable ventouse diurne qui s'appliquait sous son barbu pelvien et qui tournait, comme tournent dans le ciel bleu les aigles, habitants des rochers proches, en décrivant leurs orbes sulfureux et parfumés. Ainsi les croûtes du jour faisaient-elles, avec une majestueuse lenteur, le tour du vaste désert, pelotant les montagnes scintillantes dont les arêtes se découpaient avec netteté, par opposition à leur base qui était tout enfoncée comme des doigts dans des morts.

Parfois, lorsque le temps était clair, elle voyait, à plus de vingt milles, les petites maisons lubriques comme d'infimes petits cancrelats cubiques qui auraient pointillé l'étendue de leurs sanies, et flanqués çà et là de bosquets de cotonniers poussant jusqu'à extinction.

D'autres fois son rayon visuel s'étendait jusqu'à 30 milles, là-bas où Papa Canon-pénis (dieu primitif des campagnes autour de Parme) se fraye un passage entre les montagnes, comme une poule à travers un rideau de perles. Et devant la fente noirâtre qu'on devine sur l'horizon le plus lointain on jurerait d'être en arrêt devant l'innocence humaine. Et, plus loin que tout, les montagnes semblaient des berlingots émergeant d'une cuve de blanc d'Espagne trop battu. Plus tard, le soleil descendrait, fondant ce cul d'ombre frémissant que la jeune femme présente à tout spectacle serein, et la montagne arrondie de K. Springs surgirait, hirsute et crêtée, vers le Nord.

Sensation toujours effrayante... Mais le matin revenait avec le soleil, qui commençait à poindre au-dessus des cimes, engluant d'un sperme jaune fulgurant tout le désert, longtemps, bien longtemps avant qu'il ne se mette à briller comme une bidoche intolérable. Elle découvrait alors une autre vallée adorable, une raie que les cotonniers faisaient comme poilue, avec des champs roses en pente et qui se courbaient en tombant vers la fente, envoyant tous quelques plis terreux vers un trou central qui sentait, à certaines heures, le miel le plus épais. Et cette raie qui appelait la bouche autant que les yeux — mais peut-on dire cela d'un paysage et non du corps d'une malade ? — flottait dans la lumière neuve, comme une peau.

Or, c'était la Beauté. La Beauté absolue, quelle que

fût l'heure du jour. Aussi bien dans les vents du matin, cette flatulence parfaite du premier crépuscule, que, sous le soleil bandant comme un poireau à midi ou dans l'apparition des cohortes d'handicapés vaporeux, cirrus et gros cumulus laiteux, viandes molles et rayonnantes, rosaces de pus mais heureuses qui déboulaient du haut des montagnes du Nord au soleil rouge du soir. Ou encore, lorsque la poussière s'élevait en immenses colonnes tourbillonnantes, à travers le désert, gros et sveltes phalles adorables et palpables qui se happaient l'un l'autre comme des Canards-Survivants les gésiers des morts. Ou quand, au début de l'année, toute une bave blanche apparaissait soudain à l'aube, un brouillard compact issu des pertes enfouies sous la chaleur au cours de ces monstrueuses débandades, qui faisait paraître encore plus spectrale cette hanche sinistre qui s'effaçait devant tout, en faisant, à cette heure-là, le monde lui-même muet comme une carpe. Ou quand les nuages, accourus de traversins lointains, crevaient en coulées juteuses au-dessus des têtes, après que la pluie noirâtre avait achevé de tacher l'horizon déchiré par les glaires...

Torrents de peaux bleuâtres et translucides, surgies du ciel et explosant sur la terre avec la grêle, débris d'un monde efflanqué et suant qu'on aurait passé là-haut au hachoir.

Le soleil reparaissait. La neige tombait en lourdes bombances. Le monde clignotait des yeux, comme autant de jobards sous la fiente des oiseaux du ciel, au point qu'il fallait, en toute hâte, chercher refuge contre ce fumier transparent qui, parmi la neige, se ruait vers vous en ballottant.

Beauté immuable, Beauté latente... Fastes de douces huiles et de candides pisses. Et tout cela ni démesuré ni théâtral. Tout était harmonieux, eurythmique, naturel, parfait... Et, pour ces raisons mêmes, très simples, en dépit des avis des amateurs de tout. Comme une vie très raisonnable que l'on traverserait à deux, comme des maquereaux sous la surface salée de l'eau.

Et, s'il ne s'était agi ici que de résumer la vie dans un enchantement visuel, dans le lointain, c'eût été le paradis. Et la femme qu'il me faudra plus tard offrir aux bousiers de la pourriture et en fin de compte à la louve elle-même, aurait, en son ranch, en sa ferme *(la ferme !)* trouvé ce qu'elle avait toujours cherché : le paradis de l'esprit (au moins jusqu'à mi-corps) sur la terre.

Mais personne, pas même une femme (et certes pas celle-là !) ne peut vivre sans le lointain caca qu'on appelle l'*au-delà.*

A l'instant où la rumeur publique annonce devant le stupéfiant spectacle de la beauté que *tout ça c'est bien joli,* l'attaque se déclenche. Pendant que la jeune femme se laisse aller à la joie de regarder ce monde lumineux qui tourne au-devant d'elle, l'esprit de la montagne, sournois et furtif, se glisse entre ses jambes sur le pas de la porte, se dresse sur son arrière-train de chien et lève son museau tout frémissant où la sanie fait ses couches vers ce qu'il croit être un troupeau de poulets angoras et qui n'est autre que la partie trouée et hirsute de cette femme.

31 mars 1974.

13.

« JE DANSE PARCE QUE J'AI PEUR ET JE MANIE JUSQU'À ÉPUISEMENT MA CARCASSE D'AVANT EN ARRIÈRE ET D'ARRIÈRE EN AVANT, DE MES TALONS À MES ORTEILS ET VICE VERSA. »

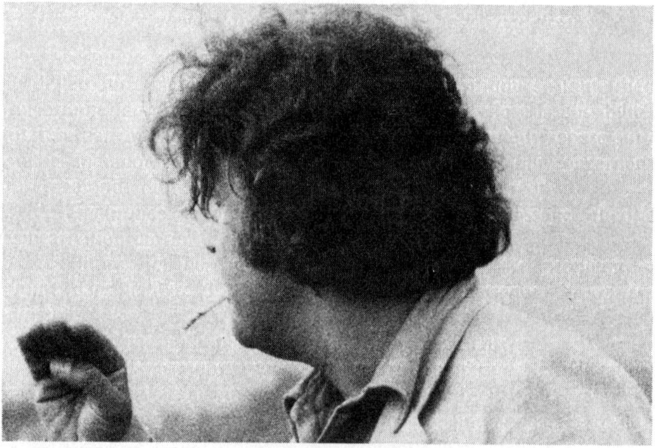

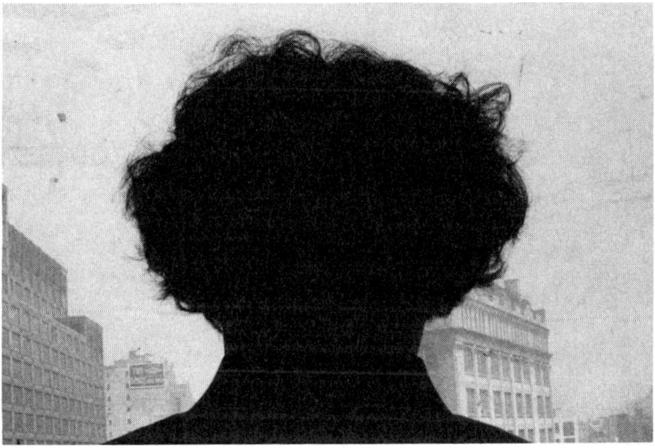

Denis Roche, âgé de 52 ans, mort le 26 mars 1990, à 10 h du matin, à la suite d'une apoplexie foudroyante, enterré le 27, fut exhumé et ouvert le 21 janvier 1991, à 11 h du matin, neuf mois et vingt-cinq jours après l'inhumation [1].

Bière. Au moment de l'inhumation, le couvercle, étant perdu, fut remplacé par des planches mal jointes, de sorte que la terre avait pénétré dans l'intérieur, et remplissait les vides entre ses parois latérales et le cadavre, et couvrait les jambes, la bouche et les orbites. Les parois latérales de cette bière, d'environ 1 cm d'épaisseur, étaient entières, quoique brisées inférieurement au côté droit ; l'humidité les avait fait déjeter en dehors seulement de la partie inférieure, et les avait tellement amollies qu'elles se rompaient par le plus léger effort de la main ; la terre les imprégnait presque partout, et il n'y avait de moisissures et de colorations noires que dans les points où la terre manquait. Le couvercle, ou, pour mieux dire, les planches qui en tenaient lieu étaient maculées de noir et parsemées de moisissures blanches.

Serpillière. Elle était presque entièrement détruite ; les

1. Ce texte, primitivement intitulé « Ready-Made », était sous-titré : « Pour servir à la compréhension de l'histoire de la littérature moderne, et en hommage, parce qu'il me comprendra, à mon ami Daniel Busto. »

portions restantes s'enlevaient facilement en filaments comme du fumier.

Aspect extérieur du cadavre. Le cadavre n'est pas réduit au squelette, si ce n'est au crâne et à la partie supérieure de la face ; mais les chairs restantes sont imprégnées de terre dans certains endroits ; ces parties molles forment un magma sec, et comme cartonné dans plusieurs points, un peu plus humide dans d'autres : çà et là, cependant, les os sont en partie dénudés, savoir : au sternum, à l'extrémité sternale des côtes, aux clavicules, aux radius, et à une partie des mains, qui sont appliquées sur la région pubienne, aux rotules et aux tibias. La teinte générale de la partie antérieure du cadavre est d'un jaune terreux brun, parsemé de maculations noirâtres, et de moisissures vertes et blanches ; la face postérieure noirâtre et d'un vert foncé, beaucoup plus humide que celle-ci, est remplie de vers ; les muscles des gouttières vertébrales humides, souples et réduits à leur partie aponévrotique sont reconnaissables comme muscles, et contrastent sous ce point de vue avec les autres muscles du corps, que nous avons dit être desséchés et comme cartonnés.

Tête. La tête, penchée sur l'épaule gauche, est dépouillée de parties molles, excepté à la partie inférieure de la face ; le crâne est couvert en arrière de cheveux blancs, imprégnés de terre et mêlés de débris de la serpillière, qui forment une sorte de magma appliqué seulement aux os de cette partie, sans y adhérer. Toute la surface de ce crâne est souillée de terre ; on en détache en plusieurs endroits une pellicule blanchâtre et lisse intérieurement, d'un jaune-brun à l'extérieur où elle est garnie de cheveux qui y sont implantés et non collés ; cette pellicule, qui a l'épaisseur et la consistance du parchemin, est évidemment le débris des parties molles de la région qu'elle occupe. Les orbites, les fosses nasales et la bouche sont remplis de terre aux fosses temporales, les parties molles qui y existent sont réduites à une masse membraneuse d'un brun peu foncé, poreuse, filandreuse, assez desséchée, et qui se continue sur l'arcade zygomatique aussi bien qu'en dessous : il est impossible de reconnaître dans cette masse chacune des parties molles dont elle provient ; l'arcade sourcilière est dépouillée ; la fosse canine droite présente quelques débris de parties molles, mêlées de terre, et toujours sous la forme de cette masse brunâtre dont nous venons de parler, et qui se continue jusqu'à la région parotidienne du même côté, où elle offre extérieurement les poils des favoris qui y sont implantés ; la fosse canine gauche, dépouillée, est de couleur noirâtre ; la bouche est grandement ouverte ; il n'y a plus de lèvres : on trouve dans sa cavité une portion membraneuse brunâtre, desséchée, qui y est tombée, et qui est un reste de la joue droite, car on voit à sa surface les poils des favoris. Au fond de la bouche apparaît la colonne vertébrale, recouverte en partie d'une couche membraneuse de même nature et aspect, et provenant aussi des parties molles de cette cavité. La mâchoire inférieure est dépouillée dans sa branche montante droite, recouverte encore d'une couche brune membraneuse, mollasse, garnie de barbe dans sa branche horizontale droite, tandis que les deux branches montante et horizontale gauches sont dénudées. Cette mâchoire présente deux dents, que l'on arrache facilement, et qui sont jaunes et demi-transparentes ; leurs racines se laissent couper avec effort comme de la corne très dure. L'articulation temporo-maxillaire est détruite, et les débris des parties molles seuls retiennent l'os. En enlevant l'os maxillaire inférieur, on trouve derrière les apophyses ptérygoïdes une matière noirâtre, plus légère que de l'éponge, semblable à des flocons de suie, et qui provient évidemment des parties musculaires de cette région, car on distingue encore dans l'intérieur des feuillets membraneux organiques. Le *cerveau* et le *cervelet* occupent à peu près les deux tiers de la cavité du crâne, sous forme d'une masse excessivement fétide, diffluente, pultacée, de couleur verte et noire par places, dans laquelle il est possible de distinguer çà et là, mais avec peine, les deux substances. Il n'est plus permis de reconnaître le cervelet, ni à plus forte raison les divers organes qui composent l'encéphale : on ne trouve plus de traces de l'apoplexie foudroyante qui avait causé la mort. La dure-mère existe sous forme d'une membrane d'un aspect nacré, de couleur bleuâtre et d'une consistance assez ferme : on dirait presque qu'elle est à l'état normal ; elle est séparée de l'encéphale par une quantité innombrable de vers blancs, d'environ 1 cm de long. Il n'y a plus de *moelle épinière.*

Cou. Les vertèbres cervicales supérieures sont visibles, quoique en partie recouvertes par une légère couche membraneuse de couleur ocre : au niveau de la sixième de ces vertèbres existe une masse brunâtre, faisant saillie, dans laquelle on trouve les cartilages cricoïde et thyroïde, ainsi que les parties molles internes du larynx saponifiées. Depuis cette saillie jusqu'au sternum, et dans les plis et vides latéraux qui séparent le cou des clavicules et de la partie supérieure du thorax, on voit des débris de parties molles, d'un brun foncé, noirâtre, desséchées et feuilletées à gauche, tandis qu'à droite elles sont d'une couleur moins foncée et offrent dans certains points des plaques blanches, comme plâtreuses. Ces diverses masses enlevées, on aperçoit à la partie inférieure du cou une ouverture parfaitement ronde, qui correspond à la *trachée-artère* dont on trouve à peine des traces.

Thorax. Le sternum est enfoncé inférieurement ; il conserve supérieurement, en apparence, ses attaches aux clavicules et aux côtes, dont on peut le séparer avec facilité. La paroi latérale droite est plus dépouillée, et l'intérieur du thorax paraît à jour dans plusieurs points ; les côtes de ce côté sont séparées, pour la plupart, les unes des autres par la destruction des muscles intercostaux ; les cartilages sternaux sont souples, noirs à l'extérieur, gris et humides à l'intérieur ; lorsqu'on les casse, on voit qu'ils sont criblés de petits trous, et qu'une portion de leur substance intérieure est détruite.

Les deux côtés de la poitrine paraissent vides, si ce n'est qu'ils renferment un peu de terre et beaucoup de petites mouches. Ils sont noirâtres, comme enfumés et charbonnés : on trouve sur la saillie des vertèbres dorsales une pellicule noire, mince, se prolongeant sur les côtés comme si elle allait tapisser la cavité : lorsqu'on la soulève, elle se subdivise en plusieurs feuillets, percés de trous, qui leur donnent l'aspect de lames minces d'éponges qui auraient été noircies ; la portion qui occupe le côté gauche est plus épaisse, et les feuillets qui la composent sont plus humides, et ressemblent à du cambouis noirâtre et luisant : du reste, il est impossible de retrouver dans cette pellicule un vestige reconnaissable des viscères thoraciques dont à coup sûr elle provient. Là où les parois thoraciques sont mieux conservées, c'est-à-dire, à gauche, sous la pellicule noirâtre dont nous venons de parler, et en contact immédiat avec les os, on remarque une membrane humide dans certains points, sèche dans d'autres, qui doit être la plèvre : elle est grise par plaques, brune dans quelques parties, demi-transparente, et peut être facilement séparée des muscles intercostaux desséchés. Les articulations postérieures des côtes sont détruites et ses os ne sont maintenus dans leurs rapports que par les débris des parties molles. Les vertèbres tiennent entre elles, bien que plusieurs offrent des écartements entre leurs corps.

Abdomen. Il est affaissé, recouvert de terre, de débris de serpillière et de chrysalides : antérieurement, il est de couleur jaune-brun, excepté aux fosses iliaques, où l'on voit des moisissures blanches. La paroi abdominale antérieure est collée au rachis ; on la détache sur les côtés, où elle existe sous forme d'une couche membraneuse, feuilletée, d'un rouge noirâtre à l'intérieur et encroûtée de gras de cadavre à l'extérieur. Les organes abdominaux, considérablement diminués de volume, ne sont nullement reconnaissables au premier abord ; on les trouve dans chacun des côtés de l'abdomen, sous forme d'une masse feuilletée, desséchée, excepté à l'intérieur, où elle est un peu humide et remplie de vers, et que l'on peut réduire en filaments coralliformes : dans un point de cette masse seulement, on peut découvrir encore comme un commencement du tube intestinal.

Bassin. Les parties génitales sont détruites au point qu'on ne peut reconnaître le sexe. Le pubis est couvert de poils, qui sont accolés à cette masse feuilletée et carbonée à laquelle sont partout réduites les parties molles. Il n'est pas plus possible de distinguer dans la cavité du bassin les viscères qui y sont contenus, qu'on ne l'a fait dans la cavité abdominale ; ils sont en effet transformés aussi en cette matière feuilletée et desséchée, déjà signalée tant de fois.

Membres supérieurs. Ces membres sont placés sur les côtés du corps de manière à ce que les avant-bras et les mains reposent sur l'abdomen, sur les os des îles, sur la partie antérieure du pubis et sur le haut des cuisses. Les épaules, les bras, les avant-bras et les mains tiennent ensemble : les clavicules sont maintenues dans leur position par les parties molles, qui sont réduites à une sorte de cartonnage ; des portions membraneuses, ayant cette même apparence cartonnée et filandreuse, débris évidents des muscles adducteurs du bras, unissent ces membres au thorax. *A gauche,* l'articulation scapulo-humérale, l'humérus et l'articulation cubito-humérale sont recouverts d'une couche filandreuse, comme celluleuse, grasse au toucher, d'un pouce d'épaisseur dans beaucoup d'endroits, laquelle, extérieurement, a comme une croûte formée par du gras de cadavre, et qui, intérieurement, ressemble à du bois pourri, si ce n'est que les filaments sont plus humides, et qu'il est possible de distinguer çà et là qu'ils sont de nature animale, les os de l'avant-bras sont également couverts d'une couche semblable, mais plus mince et sans croûte savonneuse, et dans l'intérieur de laquelle on distingue des tendons desséchés, jaunâtres et transparents : la surface de cette couche est parsemée de moisissures blanches. La main, comme incrustée sur la partie du bassin où elle repose, paraît entière, d'un gris bleuâtre, mêlée de brun et de moisissures blanches : quand on veut la détacher, ses divers os se séparent, et l'on voit qu'il existe dans leurs intervalles du gras de cadavre sec, jaunâtre, qui les liait entre eux, et dans lequel on trouve quelques débris membraneux : ces os laissent au-dessous d'eux les parties molles de la main, formant une masse unique, membraneuse, dont une portion est transformée en gras, et qui se réduisent en plusieurs feuillets secs, dans lesquels on reconnaît des tendons. *A droite,* la main est de couleur plus foncée, et déjà plusieurs de ses os sont séparés. Les diverses articulations du membre droit ne sont maintenues que par les parties molles environnantes, analogues à celles du côté gauche, mais qui sont un peu moins desséchées. L'articulation scapulo-humérale présente évidemment l'attache de la longue portion du biceps, tandis qu'on ne remarque rien de semblable de l'autre côté. On trouve encore dans quelques articulations du membre droit des parties de cartilage.

Membres inférieurs. Ils sont entiers en apparence et tiennent ensemble : on voit à la partie supérieure et latérale de la cuisse une masse musculaire desséchée, offrant la même structure qu'aux bras, recouverte aussi d'une croûte de gras, avec cette différence qu'on y trouve de la moisissure blanche, vert-bouteille et même vert-de-gris. Le fémur est à nu antérieurement et vers son milieu ; la rotule et les tibias des deux côtés sont également dénudés ; les masses musculaires restantes en assez grande quantité à la partie postérieure des jambes sont beaucoup moins desséchées qu'à la cuisse. Les articulations du genou sont remplies de vers : les ligaments croisés, de couleur jaune, ont encore assez de résistance. On trouve des traces de cartilages sur les surfaces articulaires ; ils sont assez consistants dans certains points, tandis que dans d'autres ils sont réduits à une sorte de bouillie brune. Les cartilages semi-lunaires sont en partie détruits. Le pied droit existe tout entier jusqu'aux phalanges ; les os qui le composent, unis par des portions filamenteuses, membraneuses, saponifiées, d'un blanc jaunâtre à l'extérieur, se détachent très facilement. Il en est de même pour le pied gauche, qui cependant présente encore les deux premières phalanges.

Système osseux. Les os longs, d'un jaune-brun à l'extérieur, sont de couleur naturelle à l'intérieur ; ils ont conservé leur structure et leur consistance. On trouve dans le canal médullaire une substance blanche, molle et grasse. Les os courts ne sont pas plus spongieux qu'à l'état normal ; mais ils sont plus secs à l'intérieur.

INDEX

INDEX

ICONOGRAPHIE

Du même auteur

PRINCIPAUX LIVRES DE LITTÉRATURE

Récits complets
Seuil, 1963

Les Idées centésimales de Miss Elanize
Seuil, 1964

Eros énergumène
Seuil, 1968

Carnac
Tchou, repris chez Pauvert, 1985

Le Mécrit
Seuil, 1972

Dépôts de savoir & de technique
Seuil, 1980

A Varèse
William Blake & Cie, 1986

Prose au-devant d'une femme
Fourbis, 1988

L'Hexaméron *(en collaboration)*
Seuil, 1989

Dans la maison du Sphinx
Seuil, 1992

PRINCIPAUX LIVRES DE PHOTOGRAPHIE

Notre antéfixe
Flammarion, 1978

Légendes de Denis Roche
Gris banal, 1981

La Disparition des lucioles
Éditions de l'Étoile, 1982

Douze photos publiées comme du texte
Orange Export Ltd, 1984

Conversations avec le temps
Le Castor astral, 1985

Écrits momentanés
Paris-Audiovisuel, 1988

Photolalies
Argraphie, 1988

Ellipse et laps
Maeght, 1991

IMPRESSION : MAURY-EUROLIVRES – 45300 MANCHECOURT
D.L. JANVIER 1992 – N° 14388 (91/10/M0148)

Collection Points

SÉRIE ROMAN

DERNIERS TITRES PARUS

R10. Le Baron perché, *par Italo Calvino*
R11. Les Bienheureux de La Désolation, *par Hervé Bazin*
R12. Salut Galarneau !, *par Jacques Godbout*
R13. Cela s'appelle l'aurore, *par Emmanuel Roblès*
R14. Les Désarrois de l'élève Törless, *par Robert Musil*
R15. Pluie et Vent sur Télumée Miracle *par Simone Schwarz-Bart*
R16. La Traque, *par Herbert Lieberman*
R17. L'Imprécateur, *par René-Victor Pilhes*
R18. Cent Ans de solitude, *par Gabriel Garcia Marquez*
R19. Moi d'abord, *par Katherine Pancol*
R20. Un jour, *par Maurice Genevoix*
R21. Un pas d'homme, *par Marie Susini*
R22. La Grimace, *par Heinrich Böll*
R23. L'Age du tendre, *par Marie Chaix*
R24. Une tempête, *par Aimé Césaire*
R25. Moustiques, *par William Faulkner*
R26. La Fantaisie du voyageur, *par François-Régis Bastide*
R27. Le Turbot, *par Günter Grass*
R28. Le Parc, *par Philippe Sollers*
R29. Ti Jean L'horizon, *par Simone Schwarz-Bart*
R30. Affaires étrangères, *par Jean-Marc Roberts*
R31. Nedjma, *par Kateb Yacine*
R32. Le Vertige, *par Evguénia Guinzbourg*
R33. La Motte rouge, *par Maurice Genevoix*
R34. Les Buddenbrook, *par Thomas Mann*
R35. Grand Reportage, *par Michèle Manceaux*
R36. Isaac le mystérieux (Le ver et le solitaire) *par Jerome Charyn*
R37. Le Passage, *par Jean Reverzy*
R38. Chesapeake, *par James A. Michener*
R39. Le Testament d'un poète juif assassiné *par Elie Wiesel*
R40. Candido, *par Leonardo Sciascia*
R41. Le Voyage à Paimpol, *par Dorothée Letessier*
R42. L'Honneur perdu de Katharina Blum *par Heinrich Böll*

R43. Le Pays sous l'écorce, *par Jacques Lacarrière*
R44. Le Monde selon Garp, *par John Irving*
R45. Les Trois Jours du cavalier, *par Nicole Ciravégna*
R46. Nécropolis, *par Herbert Lieberman*
R47. Fort Saganne, *par Louis Gardel*
R48. La Ligne 12, *par Raymond Jean*
R49. Les Années de chien, *par Günter Grass*
R50. La Réclusion solitaire, *par Tahar Ben Jelloun*
R51. Senilità, *par Italo Svevo*
R52. Trente Mille Jours, *par Maurice Genevoix*
R53. Cabinet Portrait, *par Jean-Luc Benoziglio*
R54. Saison violente, *par Emmanuel Roblès*
R55. Une comédie française, *par Éric Orsenna*
R56. Le Pain nu, *par Mohamed Choukri*
R57. Sarah et le Lieutenant français, *par John Fowles*
R58. Le Dernier Viking, *par Patrick Grainville*
R59. La Mort de la phalène, *par Virginia Woolf*
R60. L'Homme sans qualités, tome 1, *par Robert Musil*
R61. L'Homme sans qualités, tome 2, *par Robert Musil*
R62. L'Enfant de la mer de Chine, *par Didier Decoin*
R63. Le Professeur et la Sirène
par Giuseppe Tomasi di Lampedusa
R64. Le Grand Hiver, *par Ismaïl Kadaré*
R65. Le Cœur du voyage, *par Pierre Moustiers*
R66. Le Tunnel, *par Ernesto Sabato*
R67. Kamouraska, *par Anne Hébert*
R68. Machenka, *par Vladimir Nabokov*
R69. Le Fils du pauvre, *par Mouloud Feraoun*
R70. Cités à la dérive, *par Stratis Tsirkas*
R71. Place des Angoisses, *par Jean Reverzy*
R72. Le Dernier Chasseur, *par Charles Fox*
R73. Pourquoi pas Venise, *par Michèle Manceaux*
R74. Portrait de groupe avec dame, *par Heinrich Böll*
R75. Lunes de fiel, *par Pascal Bruckner*
R76. Le Canard de bois (Les Fils de la Liberté, I)
par Louis Caron
R77. Jubilee, *par Margaret Walker*
R78. Le Médecin de Cordoue, *par Herbert Le Porrier*
R79. Givre et Sang, *par John Cowper Powys*
R80. La Barbare, *par Katherine Pancol*
R81. Si par une nuit d'hiver un voyageur, *par Italo Calvino*
R82. Gerardo Laïn, *par Michel del Castillo*
R83. Un amour infini, *par Scott Spencer*
R84. Une enquête au pays, *par Driss Chraïbi*

R85. Le Diable sans porte (tome 1 : Ah, mes aïeux !)
par Claude Duneton
R86. La Prière de l'absent, *par Tahar Ben Jelloun*
R87. Venise en hiver, *par Emmanuel Roblès*
R88. La Nuit du Décret, *par Michel del Castillo*
R89. Alejandra, *par Ernesto Sabato*
R90. Plein Soleil, *par Marie Susini*
R91. Les Enfants de fortune, *par Jean-Marc Roberts*
R92. Protection encombrante, *par Heinrich Böll*
R93. Lettre d'excuse, *par Raphaële Billetdoux*
R94. Le Voyage indiscret, *par Katherine Mansfield*
R95. La Noire, *par Jean Cayrol*
R96. L'Obsédé (L'Amateur), *par John Fowles*
R97. Siloé, *par Paul Gadenne*
R98. Portrait de l'artiste en jeune chien, *par Dylan Thomas*
R99. L'Autre, *par Julien Green*
R100. Histoires pragoises, *par Rainer Maria Rilke*
R101. Bélibaste, *par Henri Gougaud*
R102. Le Ciel de la Kolyma (Le Vertige, II)
par Evguénia Guinzbourg
R103. La Mulâtresse Solitude, *par André Schwarz-Bart*
R104. L'Homme du Nil, *par Stratis Tsirkas*
R105. La Rhubarbe, *par René-Victor Pilhes*
R106. Gibier de potence, *par Kurt Vonnegut*
R107. Memory Lane
par Patrick Modiano, dessins de Pierre Le-Tan
R108. L'Affreux Pastis de la rue des Merles
par Carlo Emilio Gadda
R109. La Fontaine obscure, *par Raymond Jean*
R110. L'Hôtel New Hampshire, *par John Irving*
R111. Les Immémoriaux, *par Victor Segalen*
R112. Cœur de lièvre, *par John Updike*
R113. Le Temps d'un royaume, *par Rose Vincent*
R114. Poisson-chat, *par Jerome Charyn*
R115. Abraham de Brooklyn, *par Didier Decoin*
R116. Trois Femmes, *suivi de* Noces, *par Robert Musil*
R117. Les Enfants du sabbat, *par Anne Hébert*
R118. La Palmeraie, *par François-Régis Bastide*
R119. Maria Republica, *par Agustin Gomez-Arcos*
R120. La Joie, *par Georges Bernanos*
R121. Incognito, *par Petru Dumitriu*
R122. Les Forteresses noires, *par Patrick Grainville*
R123. L'Ange des ténèbres, *par Ernesto Sabato*
R124. La Fiera, *par Marie Susini*

R125. La Marche de Radetzky, *par Joseph Roth*
R126. Le vent souffle où il veut, *par Paul-André Lesort*
R127. Si j'étais vous..., *par Julien Green*
R128. Le Mendiant de Jérusalem, *par Elie Wiesel*
R129. Mortelle, *par Christopher Frank*
R130. La France m'épuise, *par Jean-Louis Curtis*
R131. Le Chevalier inexistant, *par Italo Calvino*
R132. Le Dialogue des Carmélites, *par Georges Bernanos*
R133. L'Étrusque, *par Mika Waltari*
R134. La Rencontre des hommes, *par Benigno Cacérès*
R135. Le Petit Monde de Don Camillo
par Giovanni Guareschi
R136. Le Masque de Dimitrios, *par Eric Ambler*
R137. L'Ami de Vincent, *par Jean-Marc Roberts*
R138. Un homme au singulier, *par Christopher Isherwood*
R139. La Maison du désir, *par France Huser*
R140. Moi et ma cheminée, *par Herman Melville*
R141. Les Fous de Bassan, *par Anne Hébert*
R142. Les Stigmates, *par Luc Estang*
R143. Le Chat et la Souris, *par Günter Grass*
R144. Loïca, *par Dorothée Letessier*
R145. Paradiso, *par José Lezama Lima*
R146. Passage de Milan, *par Michel Butor*
R147. Anonymus, *par Michèle Manceaux*
R148. La Femme du dimanche
par Carlo Fruttero et Franco Lucentini
R149. L'Amour monstre, *par Louis Pauwels*
R150. L'Arbre à soleils, *par Henri Gougaud*
R151. Traité du zen et de l'entretien des motocyclettes
par Robert M. Pirsig
R152. L'Enfant du cinquième Nord, *par Pierre Billon*
R153. N'envoyez plus de roses, *par Eric Ambler*
R154. Les Trois Vies de Babe Ozouf, *par Didier Decoin*
R155. Le Vert Paradis, *par André Brincourt*
R156. Varouna, *par Julien Green*
R157. L'Incendie de Los Angeles, *par Nathanaël West*
R158. Les Belles de Tunis, *par Nine Moati*
R159. Vertes Demeures, *par Henry Hudson*
R160. Les Grandes Vacances, *par Francis Ambrière*
R161. Ceux de 14, *par Maurice Genevoix*
R162. Les Villes invisibles, *par Italo Calvino*
R163. L'Agent secret, *par Graham Greene*
R164. La Lézarde, *par Edouard Glissant*
R165. Le Grand Escroc, *par Herman Melville*

R166. Lettre à un ami perdu, *par Patrick Besson*
R167. Evaristo Carriego, *par Jorge Luis Borges*
R168. La Guitare, *par Michel del Castillo*
R169. Épitaphe pour un espion, *par Eric Ambler*
R170. Fin de saison au Palazzo Pedrotti, *par Frédéric Vitoux*
R171. Jeunes Années. Autobiographie 1, *par Julien Green*
R172. Jeunes Années. Autobiographie 2, *par Julien Green*
R173. Les Égarés, *par Frédérick Tristan*
R174. Une affaire de famille, *par Christian Giudicelli*
R175. Le Testament amoureux, *par Rezvani*
R176. C'était cela notre amour, *par Marie Susini*
R177. Souvenirs du triangle d'or, *par Alain Robbe-Grillet*
R178. Les Lauriers du lac de Constance, *par Marie Chaix*
R179. Plan B, *par Chester Himes*
R180. Le Sommeil agité, *par Jean-Marc Roberts*
R181. Roman Roi, *par Renaud Camus*
R182. Vingt Ans et des poussières
par Didier van Cauwelaert
R183. Le Château des destins croisés, *par Italo Calvino*
R184. Le Vent de la nuit, *par Michel del Castillo*
R185. Une curieuse solitude, *par Philippe Sollers*
R186. Les Trafiquants d'armes, *par Eric Ambler*
R187. Un printemps froid, *par Danièle Sallenave*
R188. Mickey l'Ange, *par Geneviève Dormann*
R189. Histoire de la mer, *par Jean Cayrol*
R190. Senso, *par Camillo Boito*
R191. Sous le soleil de Satan, *par Georges Bernanos*
R192. Niembsch ou l'immobilité, *par Peter Härtling*
R193. Prends garde à la douceur des choses
par Raphaële Billetdoux
R194. L'Agneau carnivore, *par Agustin Gomez-Arcos*
R195. L'Imposture, *par Georges Bernanos*
R196. Ararat, *par D. M. Thomas*
R197. La Croisière de l'angoisse, *par Eric Ambler*
R198. Léviathan, *par Julien Green*
R199. Sarnia, *par Gerald Basil Edwards*
R200. Le Colleur d'affiches, *par Michel del Castillo*
R201. Un mariage poids moyen, *par John Irving*
R202. John l'Enfer, *par Didier Decoin*
R203. Les Chambres de bois, *par Anne Hébert*
R204. Mémoires d'un jeune homme rangé
par Tristan Bernard
R205. Le Sourire du Chat, *par François Maspero*
R206. L'Inquisiteur, *par Henri Gougaud*

R207. La Nuit américaine, *par Christopher Frank*
R208. Jeunesse dans une ville normande
par Jacques-Pierre Amette
R209. Fantôme d'une puce, *par Michel Braudeau*
R210. L'Avenir radieux, *par Alexandre Zinoviev*
R211. Constance D., *par Christian Combaz*
R212. Épaves, *par Julien Green*
R213. La Leçon du maître, *par Henry James*
R214. Récit des temps perdus, *par Aris Fakinos*
R215. La Fosse aux chiens, *par John Cowper Powys*
R216. Les Portes de la forêt, *par Elie Wiesel*
R217. L'Affaire Deltchev, *par Eric Ambler*
R218. Les amandiers sont morts de leurs blessures
par Tahar Ben Jelloun
R219. L'Admiroir, *par Anny Duperey*
R220. Les Grands Cimetières sous la lune
par Georges Bernanos
R221. La Créature, *par Étienne Barilier*
R222. Un Anglais sous les tropiques, *par William Boyd*
R223. La Gloire de Dina, *par Michel del Castillo*
R224. Poisson d'amour, *par Didier van Cauwelaert*
R225. Les Yeux fermés, *par Marie Susini*
R226. Cobra, *par Severo Sarduy*
R227. Cavalerie rouge, *par Isaac Babel*
R228. Tous les soleils, *par Bertrand Visage*
R229. Pétersbourg, *par Andréi Biély*
R230. Récits d'un jeune médecin, *par Mikhaïl Boulgakov*
R231. La Maison des prophètes, *par Nicolas Saudray*
R232. Trois Heures du matin à New York
par Herbert Lieberman
R233. La Mère du printemps, *par Driss Chraïbi*
R234. Adrienne Mesurat, *par Julien Green*
R235. Jusqu'à la mort, *par Amos Oz*
R236. Les Envoûtés, *par Witold Gombrowicz*
R237. Frontière des ténèbres, *par Eric Ambler*
R238. Les Deux Sacrements, *par Heinrich Böll*
R239. Cherchant qui dévorer, *par Luc Estang*
R240. Le Tournant, *par Klaus Mann*
R241. Aurélia, *par France Huser*
R242. Le Sixième Hiver
par Douglas Orgill et John Gribbin
R243. Naissance d'un spectre, *par Frédérick Tristan*
R244. Lorelei, *par Maurice Genevoix*
R245. Le Bois de la nuit, *par Djuna Barnes*

R246. La Caverne céleste, *par Patrick Grainville*
R247. L'Alliance, tome 1, *par James A. Michener*
R248. L'Alliance, tome 2, *par James A. Michener*
R249. Juliette, chemin des Cerisiers, *par Marie Chaix*
R250. Le Baiser de la femme-araignée, *par Manuel Puig*
R251. Le Vésuve, *par Emmanuel Roblès*
R252. Comme neige au soleil, *par William Boyd*
R253. Palomar, *par Italo Calvino*
R254. Le Visionnaire, *par Julien Green*
R255. La Revanche, *par Henry James*
R256. Les Années-lumière, *par Rezvani*
R257. La Crypte des capucins, *par Joseph Roth*
R258. La Femme publique, *par Dominique Garnier*
R259. Maggie Cassidy, *par Jack Kerouac*
R260. Mélancolie Nord, *par Michel Rio*
R261. Énergie du désespoir, *par Eric Ambler*
R262. L'Aube, *par Elie Wiesel*
R263. Le Paradis des orages, *par Patrick Grainville*
R264. L'Ouverture des bras de l'homme
par Raphaële Billetdoux
R265. Méchant, *par Jean-Marc Roberts*
R266. Un policeman, *par Didier Decoin*
R267. Les Corps étrangers, *par Jean Cayrol*
R268. Naissance d'une passion, *par Michel Braudeau*
R269. Dara, *par Patrick Besson*
R270. Parias, *par Pascal Bruckner*
R271. Le Soleil et la Roue, *par Rose Vincent*
R272. Le Malfaiteur, *par Julien Green*
R273. Scarlett si possible, *par Katherine Pancol*
R274. Journal d'une fille de Harlem, *par Julius Horwitz*
R275. Le Nez de Mazarin, *par Anny Duperey*
R276. La Chasse à la licorne, *par Emmanuel Roblès*
R277. Red Fox, *par Anthony Hyde*
R278. Minuit, *par Julien Green*
R279. L'Enfer, *par René Belletto*
R280. Et si on parlait d'amour, *par Claire Gallois*
R281. Pologne, *par James A. Michener*
R282. Notre homme, *par Louis Gardel*
R283. La Nuit du solstice, *par Herbert Lieberman*
R284. Place de Sienne, côté ombre
par Carlo Fruttero et Franco Lucentini
R285. Meurtre au comité central
par Manuel Vázquez Montalbán
R286. L'Isolé soleil, *par Daniel Maximin*

R287. Samedi soir, dimanche matin, *par Alan Sillitoe*
R288. Petit Louis, dit XIV, *par Claude Duneton*
R289. Le Perchoir du perroquet, *par Michel Rio*
R290. L'Enfant pain, *par Agustin Gomez-Arcos*
R291. Les Années Lula, *par Rezvani*
R292. Michael K, sa vie, son temps, *par J. M. Coetzee*
R293. La Connaissance de la douleur
par Carlo Emilio Gadda
R294. Complot à Genève, *par Eric Ambler*
R295. Serena, *par Giovanni Arpino*
R296. L'Enfant de sable, *par Tahar Ben Jelloun*
R297. Le Premier Regard, *par Marie Susini*
R298. Regardez-moi, *par Anita Brookner*
R299. La Vie fantôme, *par Danièle Sallenave*
R300. L'Enchanteur, *par Vladimir Nabokov*
R301. L'Ile atlantique, *par Tony Duvert*
R302. Le Grand Cahier, *par Agota Kristof*
R303. Le Manège espagnol, *par Michel del Castillo*
R304. Le Berceau du chat, *par Kurt Vonnegut*
R305. Une histoire américaine, *par Jacques Godbout*
R306. Les Fontaines du grand abîme, *par Luc Estang*
R307. Le Mauvais Lieu, *par Julien Green*
R308. Aventures dans le commerce des peaux en Alaska
par John Hawkes
R309. La Vie et demie, *par Sony Labou Tansi*
R310. Jeune Fille en silence, *par Raphaële Billetdoux*
R311. La Maison près du marais, *par Herbert Lieberman*
R312. Godelureaux, *par Eric Ollivier*
R313. La Chambre ouverte, *par France Huser*
R314. L'Œuvre de Dieu, la part du Diable, *par John Irving*
R315. Les Silences ou la vie d'une femme, *par Marie Chaix*
R316. Les Vacances du fantôme, *par Didier van Cauwelaert*
R317. Le Levantin, *par Eric Ambler*
R318. Beno s'en va-t-en guerre, *par Jean-Luc Benoziglio*
R319. Miss Lonelyhearts, *par Nathanaël West*
R320. Cosmicomics, *par Italo Calvino*
R321. Un été à Jérusalem, *par Chochana Boukhobza*
R322. Liaisons étrangères, *par Alison Lurie*
R323. L'Amazone, *par Michel Braudeau*
R324. Le Mystère de la crypte ensorcelée
par Eduardo Mendoza
R325. Le Cri, *par Chochana Boukhobza*
R326. Femmes devant un paysage fluvial, *par Heinrich Böll*
R327. La Grotte, *par Georges Buis*

R328. Bar des flots noirs, *par Olivier Rolin*
R329. Le Stade de Wimbledon, *par Daniele Del Giudice*
R330. Le Bruit du temps, *par Ossip E. Mandelstam*
R331. La Diane rousse, *par Patrick Grainville*
R332. Les Éblouissements, *par Pierre Mertens*
R333. Talgo, *par Vassilis Alexakis*
R334. La Vie trop brève d'Edwin Mullhouse
par Steven Millhauser
R335. Les Enfants pillards, *par Jean Cayrol*
R336. Les Mystères de Buenos Aires, *par Manuel Puig*
R337. Le Démon de l'oubli, *par Michel del Castillo*
R338. Christophe Colomb, *par Stephen Marlowe*
R339. Le Chevalier et la Reine, *par Christopher Frank*
R340. Autobiographie de tout le monde, *par Gertrude Stein*
R341. Archipel, *par Michel Rio*
R342. Texas, tome 1, *par James A. Michener*
R343. Texas, tome 2, *par James A. Michener*
R344. Loyola's blues, *par Erik Orsenna*
R345. L'Arbre aux trésors, légendes, *par Henri Gougaud*
R346. Les Enfants des morts, *par Henrich Böll*
R347. Les Cent Premières Années de Niño Cochise
par A. Kinney Griffith et Niño Cochise
R348. Vente à la criée du lot 49, par *Thomas Pynchon*
R349. Confessions d'un enfant gâté, *par Jacques-Pierre Amette*
R350. Boulevard des trahisons, *par Thomas Sanchez*
R351. L'Incendie, *par Mohammed Dib*
R352. Le Centaure, *par John Updike*
R353. Une fille cousue de fil blanc, *par Claire Gallois*
R354. L'Adieu aux champs, *par Rose Vincent*
R355. La Ratte, *par Günter Grass*
R356. Le Monde hallucinant, *par Reinaldo Arenas*
R357. L'Anniversaire, *par Mouloud Feraoun*
R358. Le Premier Jardin, *par Anne Hébert*
R359. L'Amant sans domicile fixe
par Carlo Fruttero et Franco Lucentini
R360. L'Atelier du peintre, *par Patrick Grainville*
R361. Le Train vert, *par Herbert Lieberman*
R362. Autopsie d'une étoile, *par Didier Decoin*
R363. Un joli coup de lune, *par Chester Himes*
R364. La Nuit sacrée, *par Tahar Ben Jelloun*
R365. Le Chasseur, *par Carlo Cassola*
R366. Mon père américain, *par Jean-Marc Roberts*
R367. Remise de peine, *par Patrick Modiano*
R368. Le Rêve du singe fou, *par Christopher Frank*

R369. Angelica, *par Bertrand Visage*
R370. Le Grand Homme, *par Claude Delarue*
R371. La Vie comme à Lausanne, *par Erik Orsenna*
R372. Une amie d'Angleterre, *par Anita Brookner*
R373. Norma ou l'exil infini, *par Emmanuel Roblès*
R374. Les Jungles pensives, *par Michel Rio*
R375. Les Plumes du pigeon, *par John Updike*
R376. L'Héritage Schirmer, *par Eric Ambler*
R377. Les Flamboyants, *par Patrick Grainville*
R378. L'Objet perdu de l'amour, *par Michel Braudeau*
R379. Le Boucher, *par Alina Reyes*
R380. Le Labyrinthe aux olives, *par Eduardo Mendoza*
R381. Les Pays lointains, *par Julien Green*
R382. L'Épopée du buveur d'eau, *par John Irving*
R383. L'Écrivain public, *par Tahar Ben Jelloun*
R384. Les Nouvelles Confessions, *par William Boyd*
R385. Les Lèvres nues, *par France Huser*
R386. La Famille de Pascal Duarte, *par Camilo José Cela*
R387. Une enfance à l'eau bénite, *par Denise Bombardier*
R388. La Preuve, *par Agota Kristof*
R389. Tarabas, *par Joseph Roth*
R390. Replay, *par Ken Grimwood*
R391. Rabbit Boss, *par Thomas Sanchez*
R392. Aden Arabie, *par Paul Nizan*
R393. La Ferme, *par John Updike*
R394. L'Obscène Oiseau de la nuit, *par José Donoso*
R395. Un printemps d'Italie, *par Emmanuel Roblès*
R396. L'Année des méduses, *par Christopher Frank*
R397. Miss Missouri, *par Michel Boujut*
R398. Le Figuier, *par François Maspero*
R399. La Solitude du coureur de fond, *par Alan Sillitoe*
R400. L'Exposition coloniale, *par Erik Orsenna*
R401. La Ville des prodiges, *par Eduardo Mendoza*
R402. La Croyance des voleurs, *par Michel Chaillou*
R403. Rock Springs, *par Richard Ford*
R404. L'Orange amère, *par Didier van Cauwelaert*
R405. Tara, *par Michel del Castillo*
R406. L'Homme à la vie inexplicable, *par Henri Gougaud*
R407. Le Beau Rôle, *par Louis Gardel*
R408. Le Messie de Stockholm, *par Cynthia Ozick*
R409. Les Exagérés, *par Jean- François Vilar*
R410. L'Objet du scandale, *par Robertson Davies*
R411. Berlin mercredi, *par François Weyergans*
R412. L'Inondation, *par Evguéni Zamiatine*

R413. Rentrez chez vous Bogner !, *par Heinrich Böll*
R414. Les Herbes amères, *par Chochana Boukhobza*
R415. Le Pianiste, *par Manuel Vázquez Montalbán*
R416. Une mort secrète, *par Richard Ford*
R417. La Journée d'un scrutateur, *par Italo Calvino*
R418. Collection de sable, *par Italo Calvino*
R419. Les Soleils des indépendances, *par Ahmadou Kourouma*
R420. Lacenaire (un film de Francis Girod), *par Georges Conchon*
R421. Œuvres pré-posthumes, *par Robert Musil*
R422. Merlin, *par Michel Rio*
R423. Charité, *par Éric Jourdan*
R424. Le Visiteur, *par György Konrad*
R425. Monsieur Adrien, *par Franz-Olivier Giesbert*
R426. Palinure de Mexico, *par Fernando Del Paso*
R427. L'Amour du prochain, *par Hugo Claus*
R428. L'Oublié, *par Elie Wiesel*
R429. Temps zéro, *par Italo Calvino*
R430. Les Comptoirs du Sud, *par Philippe Doumenc*
R431. Le Jeu des décapitations, *par Jose Lezama Lima*
R432. Tableaux d'une ex, *par Jean-Luc Benoziglio*
R433. Les Effrois de la glace et des ténèbres, *par Christoph Ransmayr*
R434. Paris-Athènes, *par Vassilis Alexakis*
R435. La Porte de Brandebourg, *par Anita Brookner*
R436. Le Jardin à la dérive, *par Ida Fink*
R437. Malina, *par Ingeborg Bachmann*
R438. Moi, laminaire, *par Aimé Césaire*
R439. Histoire d'un idiot racontée par lui-même, *par Félix de Azúa*
R440. La Résurrection des morts, *par Scott Spencer*
R441. La Caverne, *par Eugène Zamiatine*
R442. Le Manticore, *par Robertson Davies*
R443. Perdre, *par Pierre Mertens*
R444. La Rébellion, *par Joseph Roth*
R445. D'amour P. Q., *par Jacques Godbout*
R446. Un oiseau brûlé vif, *par Agustin Gomez-Arcos*
R447. Le Blues de Buddy Bolden, *par Michael Ondaatje*
R448. Étrange séduction (Un bonheur de rencontre), *par Ian McEwan*
R449. La Diable, *par Fay Weldon*
R450. L'Envie, *par Iouri Olecha*
R451. La Maison du Mesnil, *par Maurice Genevoix*
R452. La Joyeuse Bande d'Atzavara, *par Manuel Vázquez Montalbán*
R453. Le Photographe et ses Modèles, *par John Hawkes*
R454. Rendez-vous sur la terre, *par Bertrand Visage*
R455. Les Aventures singulières du soldat Ivan Tchonkine
par Vladimir Voïnovitch

R456. Départements et Territoires d'outre-mort, *par Henri Gougaud*
R457. Vendredi des douleurs, *par Miguel Angel Asturias*
R458. L'Avortement, *par Richard Brautigan*
R459. Histoire du ciel, *par Jean Cayrol*
R460. Une prière pour Owen, *par John Irving*
R461. L'Orgie, la Neige, *par Patrick Grainville*
R462. Le Tueur et son ombre, *par Herbert Lieberman*
R463. Les Grosses Rêveuses, *par Paul Fournel*
R464. Un week-end dans le Michigan, *par Richard Ford*
R465. Les Marches du palais, *par David Shahar*
R466. Les hommes cruels ne courent pas les rues, *par Katherine Pancol*
R467. La Vie exagérée de Martin Romana, *par Alfredo Bryce-Echenique*
R468. Les Étoiles du Sud, *par Julien Green*
R469. Aventures, *par Italo Calvino*
R470. Jour de silence à Tanger, *par Tahar Ben Jelloun*
R471. Sous le soleil jaguar, *par Italo Calvino*
R472. Les cyprès meurent en Italie, *par Michel del Castillo*
R473. Kilomètre zéro, *par Thomas Sanchez*
R474. Singulières Jeunes Filles, *par Henry James*
R475. Franny et Zooey, *par J. D. Salinger*
R476. Vaulascar, *par Michel Braudeau*
R477. La Vérité sur l'affaire Savolta, *par Eduardo Mendoza*
R478. Les Visiteurs du crépuscule, *par Eric Ambler*
R479. L'Ancienne comédie, *par Jean-Claude Guillebaud*
R480. La Chasse au lézard, *par William Boyd*
R481. Les Yaquils, *suivi de* Ile déserte, *par Emmanuel Roblès*
R482. Proses éparses, *par Robert Musil*
R483. Le Loum, *par René-Victor Pilhes*
R484. La Fascination de l'étang, *par Virginia Woolf*
R485. Journaux de jeunesse, *par Rainer Maria Rilke*
R486. Tirano Banderas, *par Ramon del Valle-Inclan*
R487. Une trop bruyante solitude, *par Bohumil Hrabal*
R488. En attendant les barbares, *par J. M. Coetzee*
R489. Les Hauts-Quartiers, *par Paul Gadenne*
R490. Je lègue mon âme au diable, *par Germán Castro Caycedo*
R491. Le Monde des Merveilles, *par Robertson Davies*
R492. Louve basse, *par Denis Roche*
R493. La Couleur du destin, *par Carlo Fruttero et Franco Lucentini*
R494. Poupée blonde, *par Patrick Modiano, dessins de Pierre Le-Tan*
R495. La Mort de Lohengrin, *par Heinrich Böll*
R496. L'Aïeul, *par Aris Fakinos*
R497. Le Héros des femmes, *par Adolfo Bioy Casares*
R498. 1492. Les Aventures de Juan Cabezón de Castille,
par Homero Aridjis